KJB

Foto: Ute Ville

W. Bruce Cameron, geboren 1960, ist der New-York-Times-Bestseller-Autor von ›Ich gehöre zu dir‹, ›Ich bleibe bei dir‹ und ›Weihnachten auf vier Pfoten‹. 2011 wurde er von der »National Society of Newspaper Columnists« als Kolumnist des Jahres ausgezeichnet. Als er ungefähr acht Jahre alt war, brachte sein Vater ihm eines Tages einen Labrador-Welpen mit. Diesen Augenblick der uneingeschränkten Freude und grenzenlosen Zuneigung erzählt er in ›Bailey findet ein Zuhause‹. W. Bruce Cameron lebt mit seiner Frau und seinem Hund in Kalifornien, USA.

Alle Bücher von W. Bruce Cameron bei KJB:
Bailey findet ein Zuhause
Ellie findet das Glück
Molly findet eine Freundin

Weitere Informationen zum Kinder- und Jugendbuchprogramm der S. Fischer Verlage finden sich auf *www.blubberfisch.de* und *www.fischerverlage.de*

W. Bruce Cameron

Ellie findet das Glück

Aus dem Amerikanischen
von Naemi Schuhmacher

Mit Bildern von
Richard Cowdrey

KJB

Für Eloise und Gordon

MIX
Papier aus verantwortungsvollen Quellen
FSC® C083411

Erschienen bei FISCHER KJB

Die amerikanische Originalausgabe erschien 2015
unter dem Titel ›Ellie's Story: A dog's Purpose Novel‹
bei A Starscape Book, published by Tom Doherty Associates, LLC

Umschlaggestaltung: Birgit Gitschier Grafikdesign & Illustration
Satz: Dörlemann Satz, Lemförde
Druck und Bindung: CPI books GmbH, Leck
Printed in Germany
ISBN 978-3-7373-4097-7

1

Der Geruch meiner Mutter und der Geschmack ihrer Milch waren das Erste, das ich kennenlernte.

Ich musste mich zu ihr durchkämpfen, an den weichen, flauschigen Körpern meiner Geschwister vorbei und über sie hinweg, um meinen leeren Magen zu füllen. Ich drehte und wand mich, schob mich mit meinen schwachen Beinchen Stück für Stück voran, bis ich die warme, süße Milch auf der Zunge schmeckte.

Ein paar Tage später konnte ich meine Augen öffnen, und ich konnte das Gesicht meiner Mutter und die weiche Decke, auf der sie lag, erkennen, zu Anfang aber nur verschwommen.

Manchmal, wenn ich mich einsam und verloren fühlte oder wenn ich fror, winselte ich und drängte mich näher an sie heran. Meine Geschwister brachte das ein bisschen durcheinander, und sie verstanden mein Winseln als ein Zeichen von Schwäche. Dann stürzten sie sich auf mich. Sieben Stück waren es, alle braun mit schwarzen Flecken, aber warum sie nicht kapierten, wer hier das Sagen hatte, verstand ich nicht.

Wenn es nicht Mutter war, dann ganz sicher ich. Meiner Ansicht nach war ich der klügste Welpe.

Eine Frau mit weichen Händen und einer noch weicheren Stimme kam oft die Treppe zu uns herunter, um uns zu besuchen. Am ersten Tag knurrte meine Mutter sie an, zwar nur ganz leise, aber die Frau hielt respektvoll Abstand. Später änderte meine Mutter anscheinend ihre Meinung und ließ zu, dass die Frau uns hochnahm, knuddelte und an sich drückte.

Sie roch interessant, diese Frau. Manchmal sauber (nach Seife), manchmal lecker (nach Essen) und manchmal nur nach sich selbst. Es machte mir nichts aus, wenn sie mich hochnahm – oder nicht viel. Trotzdem war ich jedes Mal froh, wenn sie mich wieder neben meine Mutter auf die Decke legte.

Auch ein Mann kam hin und wieder die Treppe herunter, um uns anzuschauen und einen Futternapf und Wasser für meine Mutter zu bringen. Dieses Wasser! Als ich zum ersten Mal zum Wassernapf lief, um daran zu schnuppern, schubste mich einer meiner Brüder von hinten kopfüber in die Schüssel.

Kalt! Das Wasser drang mir in die Nase und stach in

meinen Augen, und als ich versuchte zu winseln, damit meine Mutter bemerkte, dass ich Hilfe brauchte, hatte ich es auch im Maul. Ich musste alle Kraft aufbringen, um mich aus dem rutschigen Napf zu befreien und mir das Wasser aus dem Fell zu schütteln. Nach diesem Vorfall hielt ich respektvollen Abstand von der Wasserschüssel. Mein Bruder tat, als wäre nichts gewesen, obwohl das alles allein seine Schuld war.

Ein paar Wochen später, als meine Beine schon kräftiger waren, kam der Mann mit einem großen Gegenstand in den Händen die Treppe herunter. Er stellte das seltsame Ding auf den Boden, dann nahm er einen meiner Brüder und setzte ihn hinein.

»Rein in die Kiste, Kumpel«, sagte der Mann. »Keine Sorge. Es dauert nicht lange.«

Mein Bruder jaulte. Ich hörte ihn nur, sehen konnte ich ihn nicht! Wir alle bellten und winselten, als der Mann uns einen nach dem anderen aufhob und zu meinem Bruder in die Kiste steckte.

Drinnen war es wie in einem winzigen Zimmer, mit Boden und Wänden aus einem glatten, rutschigen Material. Mit meinen kleinen Krallen fand ich kaum Halt. Noch schlimmer wurde es, als der Mann die Kiste hochhob.

Meine Geschwister kletterten und wuselten aufeinander herum, um herauszubekommen, was da vor sich ging. Ich stand auf zwei meiner Schwestern, stützte mich mit den Vorderpfoten am Rand der Kiste ab und spähte hinaus. Der Mann stieg die Treppe hinauf, meine Mutter trabte hinter ihm her. Das beruhigte mich. Solange Mutter mitkam, drohte bestimmt keine Gefahr.

»Hoppla, zurück in die Kiste, Mädchen«, sagte der Mann. »Fall nicht raus.«

Sanft schob er meine Pfoten vom Rand der Kiste, und ich landete auf demselben blöden Bruder, der mich in den Wassernapf geschubst hatte. Er kaute auf meinem Bein herum, bevor ich es mit einem Ruck wegzog.

Der Mann trug uns noch eine Weile, dann stellte er die Kiste ab. Einen Welpen nach dem anderen hoben der Mann und die Frau aus der Box.

Wir waren an einem unglaublichen Ort. Er nannte sich »Draußen«. Zuerst fiel mir das Licht auf. Mehrere Minuten lang konnte ich kaum etwas erkennen, so hell war es. Unter mir spürte ich etwas Seltsames – federnd und weich, wie die Decke meiner Mutter, aber auch stachelig. Gras! Ich biss hinein, um klarzustellen, wer hier der Chef war. Es biss nicht zurück, damit war die Sache entschieden. Das Gras hatte sich mir untergeordnet.

Und all die Gerüche! Bisher kannte ich nur den Geruch meiner Mutter und meiner Wurfgeschwister, den der Decke und der Frau und des Mannes, die uns besuchten. Jetzt aber bewegte sich die Luft, wehte mir ins Gesicht und kitzelte meine Nase mit einer Million verschiedener Düfte, die ich nicht einordnen konnte. Meine Geschwister rasten an mir vorbei, stolperten, fielen hin und kullerten übereinander. Ich stand ganz still, die Nase in die Luft gereckt, und versuchte zu verstehen, wo ich hier gelandet war.

Das Gras unter meinen Pfoten roch stark und frisch. Darunter war noch ein anderer Duft, dunkel, fest und schwer. Es roch, als würde es Spaß machen, darin zu buddeln. Der Wind brachte auch Gerüche aus weiter Ferne mit sich – ein rauchiger, leckerer Duft wehte aus dem Haus, süß rochen die Hecken daneben, und auf der anderen Seite eines hohen Holzzauns brauste ein säuerlicher Gestank sehr schnell vorbei.

Und dann war da noch ein geheimnisvoller, lebendiger Duft nach Fell wie meinem.

Der Geruch stammte von einem ausgewachsenen Hund in einem Gehege. Meine Mutter trabte hinüber zu ihm und steckte ihre Schnauze durch den Drahtzaun, um seine Nase anzustupsen. Ich bemerkte, dass der andere

Hund, der ein Männchen wie meine Brüder war, meiner Mutter viel bedeutete. Ohne zu wissen, warum, erkannte ich, dass dieser Hund mein Vater war.

»Scheint, als würde er mit den Welpen klarkommen«, sagte der Mann zu der Frau.

»Bist du brav, Bernie? Willst du raus?« Unser Vater hieß wohl Bernie. Die Frau öffnete das Gehege. Er sprang raus, schnüffelte uns an und lief los, um an den Zaun zu pinkeln.

Wir rannten hinter ihm her, purzelten alle zwei Meter hin, rappelten uns aber immer wieder auf. Bernie senkte den Kopf, und einer meiner Brüder hüpfte hoch und schnappte nach seinen Ohren. Wie respektlos! Aber ihn schien es nicht zu stören. Er schüttelte meinen Bruder nur ab und ließ ihn in die Wiese plumpsen.

Ein paar Welpen nahmen das als Einladung und stürzten sich auf Bernie. Einige schob er sanft beiseite, an anderen schnupperte er nur, dann kam er zu mir.

Ich biss ihn nicht und sprang nicht an ihm hoch, also blieb ich auf den Beinen. Aber er schnüffelte mich von Kopf bis Fuß ab und legte mir dann eine Pfote auf den Rücken. Einfach so.

Ich wusste, dass ich mich nicht wehren durfte. Ich mochte der Chef meiner Geschwister sein, auch wenn ein paar von ihnen das noch nicht begriffen hatten. Aber dieser Vater-Hund war, genau wie Mutter, *mein* Chef. Ich ließ zu, dass er mich einige Sekunden lang ins weiche und stachlige Gras drückte, dann ließ er mich los, um sich von dem Mann die Ohren kraulen zu lassen.

Von da an durften wir jeden Tag nach draußen. Ich lernte, dass dieses dunkle, spannende Zeug unter dem Gras Erde war. Außerdem begriff ich, wie ich meinen Geschwistern beibringen konnte, nicht auf dumme Gedanken zu kommen. Sie schlichen sich immer von hinten an, um sich dann mit einem Satz auf mich zu stürzen, oder sie rasten über den ganzen Hof und rannten mich um. Ich musste dann knurren und die Zähne zeigen oder mich so oft drehen und wenden, bis ich oben lag. Dann stolzierte ich davon und ergriff die nächste Gelegenheit, um mich selbst anzupirschen.

Komisch, dass sie sich nicht einfach damit abfanden, dass ich hier das Sagen hatte. Sie kämpften und wanden sich und versuchten mich mit ihren winzigen Pfoten runterzudrücken, so wie Bernie es mit seiner großen gemacht hatte. Aber sie waren eben nicht Mutter oder Vater, also kamen sie damit nicht durch. Trotzdem gaben sie nicht auf.

Manchmal spielte auch Bernie mit uns, oder die Frau kam nach draußen und brachte seltsam riechende Sachen mit, auf denen wir herumkauen durften. »Spielzeug für euch«, sagte sie dann.

Eines Tages kam ein neuer Mann in den Garten. Er hatte andere Vorstellungen davon, wie man spielte. Zuerst klatschte er laut in die Hände. Einer meiner Brüder jaulte auf und rannte zu unserer Mutter. Ein paar andere Welpen machten einen Satz zurück, einer winselte. Auch ich erschrak, aber irgendwie wusste ich, dass keine Gefahr drohte.

Mich und die anderen Welpen, die keine Angst gezeigt hatten, packte der Mann in eine Kiste und trug uns in einen anderen Teil des Gartens.

Einen nach dem anderen hob er uns raus. Als ich an der Reihe war, setzte er mich in der Wiese ab, drehte sich um und ging davon, ganz als hätte er vergessen, dass ich überhaupt da war. Neugierig, was er als Nächstes vorhatte, lief ich ihm hinterher.

»Braver Hund!«, lobte er mich. Nur weil ich ihm folgte, war ich ein braver Hund? Der Kerl war ja leicht zu beeindrucken.

Dann zog der Mann etwas aus seiner Tasche. Er faltete

es auseinander und legte den Stoff auf mich drauf. »Na, Mädchen, findest du aus dem T-Shirt raus?«, fragte er.

Keine Ahnung, was da vor sich ging, aber es gefiel mir nicht. Der weiße Stoff war überall, als wäre ich in eine Decke gewickelt. Ich versuchte, gegen ihn zu kämpfen, ihm zu zeigen, wer hier der Boss war, wie bei meinen Geschwistern. Aber das klappte nicht. Ich konnte kratzen und beißen, soviel ich wollte, aber der Stoff blieb, wo er war. Er klebte mir regelrecht an Kopf und Körper.

Ich versuchte zu gehen, vielleicht konnte ich ihm ja einfach davonlaufen. Das T-Shirt lief mit mir mit. Ich knurrte und schüttelte wie wild den Kopf. Das half ein bisschen. Der Stoff rutschte mir vom Gesicht, und ich erhaschte einen Blick auf ein Stück Wiese neben meinem Schwanz.

Mein Schwanz! Das war die Lösung! Wenn ich hier rauswollte, musste ich rückwärtsgehen. Ich setzte meine Idee in die Tat um und schüttelte dabei den Kopf, um den Stoff abzustreifen. Ein paar Sekunden später saß ich im Gras. Der Mann war auch noch da, und ich lief zu ihm, um mir mein Lob abzuholen.

Die Frau war in den Garten gekommen und beobachtete uns.

»Die meisten brauchen ein, zwei Minuten, bis sie dahinterkommen, aber die hier ist ganz schön aufgeweckt«, bemerkte der Mann. Er kniete sich hin und griff nach mir, dann drehte er mich um und drückte meinen Rücken in die Wiese. Ich wand mich. Das war unfair. Er war doch viel größer als ich!

»Das mag sie nicht, Jakob«, sagte die Frau.

»Keinem gefällt das. Die Frage ist nur, hört sie auf zu kämpfen und akzeptiert, dass ich der Chef bin, oder nicht? Ich brauche einen Hund, der weiß, wer das Sagen hat«, antwortete der Mann.

Ich hörte das Wort »Hund«, aber wütend klang er nicht. Das war keine Bestrafung. Aber heruntergedrückt wurde ich. Ich erinnerte mich daran, wie Bernie mich in die Wiese gepresst hatte, als ich ihn das erste Mal traf. Der Mann war größer als ich, genau wie Bernie. Vielleicht hieß dass, das der Mann der Chef sein sollte, so wie mein Vater.

Jedenfalls wusste ich nicht, was das für ein Spiel sein sollte, also entspannte ich mich. Kein Kämpfen mehr.

»Braver Hund!«, sagte der Mann wieder. Er hieß vermutlich Jakob. Und ganz eindeutig hatte er komische Ansichten darüber, wie man mit Welpen spielte.

Als Nächstes holte er etwas flaches Weißes aus seiner Tasche und zerknüllte es. Das machte aber ein spannendes Geräusch! Wenn ich es mir nur genauer anschauen – oder sogar hineinbeißen – könnte. Was war das für eine neue Sache?

»Gefällt dir das, Kleine? Gefällt dir das Papier?«, fragte Jakob.

Und wie mir das gefiel! Er bewegte es vor meiner Nase hin und her, und ich jagte hinterher, schnappte danach, versuchte, es zu packen. Aber ich schaffte es nicht! Mein Maul war zu klein, und ich zu langsam. Da warf der Mann das Ding in die Luft, und ich raste hinterher. Ich machte einen Satz und landete mit beiden Vorderpfoten auf dem Ding. Dann machte ich es mir bequem, um es zu zerreißen. *Ha! Jetzt versuch mal, es mir abzunehmen!*

Es schmeckte interessant, aber nicht so gut, wie ich gedacht hatte. Als es sich noch bewegt hatte, war es lustiger gewesen. Ich hob es auf, lief zurück zu dem Mann und warf es ihm vor die Füße. Dann ließ ich mein Hinterteil in die Wiese plumpsen und wedelte mit dem Schwanz. Hoffentlich verstand er den Wink und warf das Ding noch mal.

»Diese hier«, sagte Jakob. »Die nehme ich.«

2

Jakob hob mich hoch und trug mich hinaus aus dem Garten. Ich war verblüfft. Draußen war ja viel größer, als ich gedacht hatte. Es ging endlos weiter!

Vor dem Haus schossen große, laute Dinger vorbei, sie rochen nach Metall und Rauch und anderen unangenehmen, stechenden Sachen. Was das für Dinger waren, wusste ich nicht, aber sie wirkten gefährlich. Jakob öffnete eines davon an der Rückseite, und ich wand mich an seiner Brust und winselte.

»Ist schon gut, Mädchen«, sagte Jakob. »Wir machen nur eine kleine Autofahrt. Keine Sorge. Ja? Das ist nur ein Auto.«

Auto. Scin Tonfall klang besänftigend, trotzdem war ich wirklich beunruhigt. In ein Ding, das so roch, wollte ich wirklich nicht rein.

Hinten im Auto stand etwas wie eine Kiste, nur aus Metall. Jakob öffnete sie mit einer Hand, mit der anderen setzte er mich vorsichtig hinein.

Dann ging er. Er ließ mich allein!

Da lief aber etwas falsch. Ohne jeden Zweifel. Der Gedanke, von meiner Mutter und meinen Geschwistern getrennt zu werden, gefiel mir natürlich gar nicht, aber irgendwie ahnte ich, dass es auf der Welt nun mal so zuging. Hunde sollten bei Menschen sein. Jakob war jetzt meine Familie.

Aber dafür sollte Jakob *bei mir* sein! Er konnte doch nicht einfach weggehen und mich in einer kalten Metallkiste hinten in einem lauten, stinkenden Auto zurücklassen!

Ich bellte. Ich winselte. Ich tat alles, was ich konnte, um Jakob mitzuteilen, dass er einen Fehler gemacht hatte und zurückkommen musste. Anscheinend war ich zu leise, sonst wäre er ja wohl aufgetaucht und hätte mich aus dieser Kiste geholt. Ich hörte einen dumpfen Schlag, dann bebte die Metallkiste, und wir *bewegten* uns.

Es erinnerte mich daran, wie ich in der Kiste in den Garten getragen wurde, ich schwankte hin und her. Das gefiel mir ganz und gar nicht! Das Auto knurrte und brüllte. Ich war ziemlich sicher, dass es mich auffressen wollte. Wo war Jakob?

Mein verzweifeltes Bellen musste ihn schließlich doch erreicht haben, denn als das Auto endlich stillstand, tauchte er wieder auf und holte mich aus der Box. »War gar nicht so schlimm, oder, Kleine?«, sagte er.

Nach allem, was ich gerade durchgemacht hatte, kam mir seine Reaktion seltsam fröhlich vor. Trotzdem war ich so dankbar, dass er mich gerettet hatte, dass ich es ihm nicht nachtragen konnte. Ich bettete meinen Kopf auf seine Schulter, während er mich ein paar Stufen nach oben und in mein neues Zuhause trug.

Hier gab es viel zu erkunden. Eine Küche, voll mit spannenden Gerüchen und kleinen Türen, die ich nicht aufbekam, nicht einmal, als ich daran kratzte. Ein Wohnzimmer mit einem Sofa, das nach Jakob roch, und einer Kiste, die manchmal Geräusche machte. Ein Balkon, wo ich mit Jakob sitzen und die Aussicht über Häuser, Gärten, Bäume und noch mehr solcher vorbeirasenden Dinger, die Auto hießen, genießen konnte.

Dann gab es noch ein Schlafzimmer mit einem Bett, das auch nach Jakob roch. Am ersten Tag versuchte ich hinaufzuklettern, aber Jakob schob mich mit Nachdruck wieder auf den Boden. »Nein, Kleine. Das hier ist dein Bett«, sagte er und zeigte mir einen weichen, pelzigen Kreis auf dem Boden. Er fühlte sich an wie die Decke, auf der ich mit meiner Mutter geschlafen hatte, aber er roch nicht so. Er roch leer und kalt.

Am besten gefiel mir aber der Park. Schon am ersten Tag nahm Jakob mich mehrmals dorthin mit. Da gab es noch mehr von dem stacheligen Gras, auf dem man so toll herumtollen konnte, und Jakob warf mir Stöckchen, hinter denen ich herjagen konnte, um sie ihm dann wiederzubringen. Dann zog er ein kleines rundes Ding aus der Tasche und warf das. Ich spürte es in der Wiese auf und versuchte es mit meinem kleinen Maul aufzuheben.

Da schoss ein Tier mit einem seltsam buschigen Schwanz an mir vorbei. Ich ließ den Ball sofort liegen und jagte hinterher. Das machte noch viel mehr Spaß!

Ganz eindeutig war dieses Tier zum Jagen da. Im Zickzackkurs raste es über die Wiese, dann steuerte es auf einen Baum zu. Zu meiner Verwunderung lief es geradewegs den Stamm hinauf! Ich versuchte, es ihm nachzutun, landete aber nur auf dem Hintern. Das Tier saß weit oben in einem Ast und lachte darüber, wie ich um den Baum lief und missmutig bellte. Warum fanden meine Pfoten keinen Halt am Stamm? Bei dem kleinen Tier hatte das Klettern so leicht ausgesehen!

Jakob setzte sich neben mich und kraulte mir die Ohren. »Gib nicht auf, Kleine«, erklärte er mir. »Du darfst niemals aufgeben. Aber ich kann dich nicht immer Kleine nennen … Elleya.« Worüber er wohl sprach? »Das ist

Schwedisch für ›Elch‹. Dann bist du ein schwedischer Schäferhund.« Ich bemerkte, dass er mit mir sprach, also wedelte ich mit dem Schwanz, auch wenn die Worte für mich keinen Sinn ergaben. »Elleya, Elleya«, sagte er und entfernte sich langsam von mir. »Komm, Ellie, komm.«

Das Wort »Komm« konnte ich mir recht schnell merken. Es war eines von Jakobs Lieblingsworten. Wenn er es sagte, lief ich manchmal zu ihm, um nachzusehen, was los war. Dann streichelte er mich und steckte mir eine Leckerei zu. *Komm* bedeutete Lob und Streicheleinheiten und Fressen, also dauerte es nicht lange, bis ich immer zur Stelle war, wenn er es sagte. Aber meine Lieblingsworte waren »Guter Hund« und »Braver Hund«. Diese Worte bedeuteten immer, dass er mich streichelte und mir das Fell rieb, bis mein ganzer Körper von den Zehen bis zur Schwanzspitze vor Freude ganz kribbelig wurde. Seine Hände rochen nach Öl, nach seinem Auto, Papier und anderen Menschen.

Jakob schien niemals wütend zu werden, nicht einmal, wenn meine Blase einfach zu voll war und ich das Wasser nicht mehr halten konnte. Wenn ich es schaffte, nach draußen zu kommen, bevor etwas passierte, lobte er mich so sehr, dass ich versuchte, immer nur im Freien zu pinkeln, nur weil es ihn freute.

Und ich wollte Jakob glücklich machen. Nur wusste ich nicht genau, wie.

Stets war er geduldig mit mir. Er streichelte mich und nannte mich einen braven Hund, und es schien ihm auch zu gefallen, wenn ich bei ihm war. Aber ich merkte, dass er nicht froh war. Wenn er nicht mit mir spazieren ging, saß er die meiste Zeit auf der Couch. Manchmal schaltete er die sprechende Kiste an, manchmal saß er nur da. Oder er legte sich auf den Rücken und starrte an die Decke. Wenn ich dann zu ihm ging und seine Hand anstupste, kraulte er mir ein wenig die Ohren, aber nie besonders lange.

Dann legte ich mich seufzend neben ihn. Ich kam auf die Idee, dass es ihm vielleicht bessergehen würde, wenn ich zu ihm aufs Sofa kam, und probierte es aus – aber schnell lernte ich, dass daraus nichts wurde.

Am Abend des ersten Tages schaute Jakob eine Weile in die laute Kiste, dann gähnte er und schlurfte ins Schlafzimmer. Ich folgte ihm. Nachdem er sich ausgezogen hatte, schlüpfte er unter seine Bettdecke. Das sah so gemütlich aus, dass ich sofort hinterherhüpfte. Dass ich so hoch springen konnte, war meiner Meinung nach einiges an Lob und vielleicht auch ein Leckerli wert.

Aber stattdessen stand er auf und setzte mich zurück

in den pelzigen Kreis. »Das ist dein Bett«, erklärte er mir. »Deins, Ellie.«

Er stieg zurück in das große Bett. Ich erkannte, dass er mich nicht bei sich im Bett haben wollte, warum, war mir allerdings schleierhaft. Da war doch so viel Platz! Mein Bett war bequem, aber einsam. Ich war es gewohnt, bei meiner Mutter und meinen Geschwistern zu schlafen. Das hier war ganz anders. Ich winselte, damit Jakob verstand, dass etwas nicht stimmte.

»Daran gewöhnst du dich schon noch, Ellie«, hörte ich ihn im Bett murmeln. »Wir alle müssen uns daran gewöhnen, allein zu sein.«

Nach einer Weile gewöhnte ich mich tatsächlich daran, aber das hieß noch lange nicht, dass es mir auch gefiel. Dann und wann versuchte ich immer noch, mich unter Jakobs Bettdecke zu stehlen. Er wurde nie laut oder schubste mich runter, aber bleiben durfte ich auch nicht. Er setzte mich einfach wieder in mein Bett. Irgendwann beschloss ich, dass es die Mühe nicht wert war.

Ein paar Tage lang war Jakob die ganze Zeit bei mir. Dann, eines Morgens, zog er sich andere Kleider an. Sie hatten alle dieselbe dunkle Farbe, dazu band er sich einen Gürtel um, an dem verschiedene Dinge baumelten. »Ich muss zur Arbeit, Ellie«, meinte er. »Keine Sorge, ich bin bald wieder da.«

Dann ging er.

Das kam mir nicht richtig vor. Aber es hatte mir auch nicht gefallen, als Jakob mich im Auto allein gelassen hatte, doch er war zurückgekommen. Auch dieses Mal würde er wiederkehren. Also wartete ich.

Warten war sehr schwierig.

Eine Zeitlang legte ich mich in mein Bett, dann aber folgte ich meiner Nase und schlüpfte unter Jakobs Decke. Sie roch nach ihm, und das tröstete mich. Bald wurde ich aber unruhig und lief ins Wohnzimmer, wo ich durch die Balkontür schauen konnte. Vielleicht würde ich Jakob von hier aus sehen.

Dem war aber nicht so.

Ich schnupperte an den Sofakissen. Sie rochen nach Jakob. Ich kaute ein bisschen auf dem Gummiknochen herum, den er mir mitgebracht hatte. Zwar kam es mir komisch vor, auf etwas herumzukauen, das nach fast nichts schmeckte, aber meine Zähne *brauchten* etwas zum Beißen, und Jakob hatte mich gelobt, als ich den Knochen angeknabbert hatte. Also kaute ich und wartete.

Jakob kam immer noch nicht zurück.

Vielleicht hatte er mich dieses Mal wirklich vergessen.

Oder ihm war etwas zugestoßen! Womöglich war er verletzt und schaffte es nicht mehr, mich zu holen! Vielleicht brauchte er meine Hilfe! Wie sollte ich zu ihm kommen, wenn ich hier eingeschlossen war? Winselnd tigerte ich vor der Wohnungstür auf und ab.

Da klickte das Schloss. Ich machte einen Satz zurück. Die Tür schwang auf. Jakob! Er war wieder da!

»Ah, hallöchen, du Süße!«, gurrte eine Stimme.

Das klang gar nicht nach Jakob.

Es war eine Frau. Wie selbstverständlich trat sie ein. Sie setzte sich auf den Boden und streckte die Hände nach mir aus.

»Hier, Kleine, keine Angst. Ich bin Georgia. Ich komme, um dich rauszulassen. Ach, bist du süß. Du bist ja das Niedlichste, was ich je gesehen habe! Ellie, oder? Ellie-Bellie Baby-Bär. Komm her, Ellie, Süße. Komm zu Georgia.«

Komm kannte ich. War diese Frau so wie Jakob? Wollte sie, dass ich zu ihr ging? Ich probierte es aus, und sie lobte und streichelte mich. »Feines Mädchen, Ellie. Feine!« Sie hakte die Leine am Halsband ein und nahm mich mit in den Park.

Ich entschied, dass ich Georgia mochte.

Sie lachte, als ich die kleinen buschigen Tiere jagte, sie

streichelte mich viel und rubbelte mein Fell mit den Händen ab. Und sie redete wie ein Wasserfall auf mich ein. Nichts von dem, was sie da sagte, ergab irgendeinen Sinn, ich verstand nur »Ellie« und »Komm«, trotzdem gefiel es mir, ihre Stimme zu hören. Sie freute sich, wenn sie mich sah. Sie freute sich, wenn ich zu ihr lief. Sie zeigte eine Art von Fröhlichkeit, die Jakob gänzlich fehlte.

Aber dann ging auch Georgia. Sie brachte mich zurück in die Wohnung, streichelte mich, überprüfte, ob noch Wasser in meiner Schüssel war und küsste mich zwischen die Ohren (das hatte Jakob noch nie gemacht!), dann verschwand sie durch die Tür.

Diese Zweibeiner! Warum verstanden sie einfach nicht, dass ein Hund bei einem Menschen sein sollte? Und nicht allein in einer Wohnung. Um auf einem geschmacklosen Gummiknochen herumzukauen. Ich versuchte zu schlafen, knabberte ein wenig an dem Knochen, aber die meiste Zeit lief ich unruhig auf und ab und winselte verdrießlich, bis Georgia noch einmal kam, um mit mir rauszugehen. Endlich, als ich schon meinte, ich würde es keine Sekunde länger aushalten, kam Jakob nach Hause.

Ich rannte auf ihn zu und stellte mich vor Aufregung auf die Hinterbeine. »Runter!«, sagte er streng und drückte mich wieder zu Boden. Von allen Worten, die ich bisher kannte, gefiel mir »Runter« am wenigsten. Dann aber streichelte er mich und kraulte mir die Ohren. Als er eine Pfütze auf dem Boden bemerkte, seufzte er und ging mit mir in den Park. Wieder zu Hause bekam ich mein Abendessen, anschließend legte er sich zum Schlafen in sein großes Bett, während ich mich in meinem kleinen zusammenrollte.

Das war der Lauf der Dinge, bis wir mit der Arbeit anfingen.

»Gehen wir arbeiten«, sagte Jakob eines Tages. Da war ich schon älter; wenn Jakob weg war, kam Georgia mittlerweile nur noch einmal täglich, um mit mir spazieren zu gehen. Wie immer wirkte Jakob gelassen, aber unter dieser Gelassenheit spürte ich einen Hauch Aufregung. Arbeiten musste etwas sehr Wichtiges sein.

Zunächst bestand Arbeit nur aus weiteren Worten. *Komm* hatte ich schon ziemlich gut drauf. Jetzt ging Jakob mit mir in den Park und zeigte mir *Bleib*: Dabei musste ich mich hinlegen und bleiben. Das fiel mir schwer. Ich machte Platz, und Jakob ging weg von mir, als hätte er (wieder mal!) vergessen, dass es meine Aufgabe war, in seiner Nähe zu sein. Aber mein Bauch musste fest auf dem Boden bleiben, bis er »Komm« rief. Dann raste ich hinter ihm her. Zwar dauerte es eine Weile, aber schließlich konnte ich *Bleib* richtig gut. Das gefiel Jakob, und darüber freute ich mich.

Jakob liebte mich nicht so wie Georgia. Er war nicht allein froh, weil er mich sah. Aber die gemeinsame Arbeit machte ihn glücklich. Also beschloss ich an Ort und Stelle, die Arbeit richtig gut zu machen.

Wenn das Jakob auch nur ein bisschen froher stimmte, war das meine Aufgabe. Trotzdem liebte ich es, wenn Georgia mich besuchen kam und mich »Ellie-Bellie Baby-Bär« nannte.

Als ich die Worte alle gelernt hatte, veränderte sich die Arbeit, und Jakob zeigte mir einen neuen Ort. Dort gab es viele Bäume und noch mehr von diesen kleinen Tieren, die mich immer ablenkten – ich wusste inzwischen, dass sie Eichhörnchen hießen. Aber ich riss mich zusammen und blieb bei Jakob. Geduldig wartete ich darauf, dass er mir zeigte, welche Arbeit es heute zu tun gab.

Ein Stück weiter vorne stieg ein Mann aus einem Auto. Winkend lief er auf uns zu. »Hey, Jakob!«, rief er vergnügt.

»Wally«, antwortete Jakob nickend.

»Das ist also dein neuer Hund?«

»Ja, das ist Ellie.«

Wally ging in die Hocke und streichelte mich. »Na, du bist ja ein großes Mädchen, Ellie. Ob du das hier wohl kannst?«

»Ich denke schon«, sagte Jakob leise. »Mal sehen.«

Dann tat Wally etwas Seltsames. Er rannte weg.

»Was macht der da, Ellie? Wo läuft er hin?«, fragte Jakob.

Ich behielt Wally im Blick, der mich über seine Schulter hinweg anschaute.

»Such ihn! Such!«, befahl Jakob.

An seinem Tonfall erkannte ich, dass er mir ein neues Wort beibringen wollte. Aber mir war nicht klar, was ich tun sollte. Es hatte etwas mit Wally zu tun. Da stand Wally und wedelte wild mit den Armen. Ich rannte auf ihn zu. Machte ich das richtig? War es das, was Jakob von mir wollte?

Als Wally mich kommen sah, kniete er sich hin und klatschte und lachte. Bei ihm angekommen, zeigte er mir ein Stöckchen. Ich liebte Stöckchen! Sofort packte ich es, aber Wally ließ nicht los, und wir lieferten uns ein tolles Zerrspiel. Das machte Spaß! Es war um einiges besser als *Platz* und *Bleib*.

Dann stand Wally auf und klopfte sich den Staub von

den Hosen. »Schau, Ellie. Was macht er da? Such!«, sagte Wally.

Ich blickte mich um. Hieß »Such« nicht, dass ich zu Wally laufen musste? Aber ich stand doch neben ihm! Was sollte ich tun?

Jakob versuchte, sich davonzustehlen, also rannte ich hinter ihm her. Sowieso war ich lieber in Jakobs Nähe. »Braver Hund!«, lobte Jakob mich und spielte ebenfalls Stöckchen mit mir. Vor Freude konnte ich gar nicht aufhören, mit dem Schwanz zu wedeln.

Ehrlich gesagt fand ich *Such* ein bisschen öde. Aber Jakob und Wally schien es zu gefallen, und so spielten wir es den ganzen Nachmittag. Ich war bereit, es für Jakob zu tun, und für das Zerrspiel. Das schlug Wally-Suchen um Längen.

Aber wenn es um Arbeit ging, gab ich mein Bestes. Jakob hatte mich gelobt. Das Suchspiel war ihm wichtig, also würde ich es lernen. Und ich wollte Jakob gefallen. Ich träumte sogar davon, Wally zu finden. Es waren glückliche Träume.

Manchmal aber hatte ich auch schlimme Träume über einen Jungen namens Ethan. In dem Traum schwamm Ethan in einem kalten See, dann plötzlich verschwand er unter der Oberfläche. Angst packte mich, während ich zusah, wie das Wasser ihn verschluckte, bis ich mich bellend hinter ihm ins Wasser stürzte. Augen und Mund geöffnet, tauchte ich ihm nach. Mit aller Kraft versuchte ich den Jungen zurückzuholen, aber er sank und sank und sank, unerreichbar.

Wenn ich aus diesem Traum aufschreckte, hechelte ich oft hektisch und wanderte schnüffelnd durch die Wohnung. Alles schien mir so real, als wäre es wirklich passiert.

Warum hatte ich nur immer diesen Traum?

3

Fast jeden Tag ging Jakob mit mir in den Park, und Wally war auch immer da. Manchmal kam auch eine Freundin von Wally, Belinda.

Das Suchspiel wurde immer schwieriger. Wally rannte schneller, startete weiter entfernt oder duckte sich hinter einen Busch. Aber mich konnte er nicht zum Narren halten. Ich fand ihn jedes Mal. Und das bedeutete immer Lob, Streicheleinheiten und um das Stöckchen balgen. Wenn es nach mir ging, war das Stöckchen immer noch der beste Teil des Spiels.

Eines Tages änderten sich die Regeln.

Jakob und ich gingen in den Park, aber Wally war nicht da. Na gut. Vielleicht warf Jakob mir ein Stöckchen. Während der Arbeit tat er das normalerweise nicht, aber wenn wir abends spazieren gingen, gab es oft Bringspiele mit Stöckchen oder einem Ball.

Aber dieses Mal nicht. Stattdessen schaute er mich an und sagte: »Such!«

Häh? Was Such? Wally war nicht da.

Wo steckte Wally überhaupt?

Ich schnüffelte den Boden ab. Wallys Geruch würde ich erkennen, wenn er mir in die Nase stieg. Sein Schweiß, seine Haut, die Seife, die er benutzte, der scharfe Kaugummi, den er so gerne aß – all diese Gerüche zusammen ergaben Wally. War er hier irgendwo? Das hätte ich schon gerne gewusst. Vielleicht hatte er ein Stöckchen. Jakob schien ja nicht geneigt, mir eines zu werfen.

»Feines Mädchen, Ellie. Prima. Such!«

War ich ein feines Mädchen? Jakob lobte mich nur fürs Schnüffeln? Ich schnupperte weiter und lief ein paar Schritte. Und da war er! Wallys Geruch! Er war stark und frisch. Vor nicht allzu langer Zeit war er hier entlanggekommen.

Was machte er nur, rannte er weg, bevor ich ihn finden konnte? Wusste er denn nicht, dass das Spiel ganz anders ging?

Ich folgte der Duftspur, die Wally hinterlassen hatte. Jakob lief hinter mir her. Er lobte mich kein zweites Mal; er war ganz still, als wollte er mich nicht ablenken. Aber dass er sich freute, spürte ich. Was ich tat, war richtig.

Nahe bei der Spur lag etwas, das einen köstlichen Duft verströmte. Es roch wie die Sandwiches, die Jakob manchmal aß – nach Brot, Roastbeef, einer seltsamen, scharfen Soße (wie konnten Menschen nur so etwas mögen?) und nach komischen Pflanzenteilen, die sich Jakob auch hin und wieder schmecken ließ. Ich blickte auf. Eine Papiertüte lag in der Wiese. Sie roch so gut, dass mir das Wasser im Maul zusammenlief.

»Such, Ellie, such!«, beharrte Jakob.

Ich wandte mich von der Tüte ab. Das hier war Arbeit. Da durfte ich mich nicht ablenken lassen. Die Regeln mochten sich verändert haben, aber das Spiel war noch dasselbe. Ich musste Wally finden.

Also ließ ich mich nicht aufhalten, auch nicht, als die Spur verzwickter wurde. Sie verlief an einer Bank vorbei, auf der zwei Leute saßen, die mich anlächelten. Die Frau streckte mir die Hand entgegen. Darin roch ich etwas, etwas wirklich Verlockendes – ein Stück Bagel mit Frischkäse. Lecker! Manchmal warf Jakob ein Stückchen von seinem Frühstücksbagel in meinen Napf. Das liebte ich. Der hier gefiel mir aber auch. Ich machte einen Schritt auf die Bank zu.

»Bitte nicht«, sagte Jakob hinter mir. »Sie ist bei der Arbeit.«

»Oh, Entschuldigung«, erwiderte die Frau und zog die Hand zurück.

Da war meine Nase aber schon wieder auf dem Boden. Bagels und Frischkäse waren schön und gut, aber darum ging es bei diesem Auftrag nicht. Als ein anderer Hund, ein alberner Welpe mit langen Beinen und einem wild wedelnden Schwanz, die Vorderbeine flach auf den Boden legte, um mich zum Spielen aufzufordern, ignorierte ich ihn absichtlich. Das hier war kein Spiel. Das war Arbeit. Jakob und ich hatten eine Aufgabe zu erledigen. Für Welpenspiele hatten wir keine Zeit.

Schließlich führte die Spur hinter ein paar Bäume. Dort erschnüffelte ich verschiedene Hunde, die vor mir hier gewesen waren. Drei oder vier hatten an ein großes Grasbüschel gepinkelt. Ich geriet in Versuchung, meine eigene Marke darauf zu setzen, nur damit die anderen wussten, dass auch ich hier gewesen war.

Aber Wally war hier irgendwo. Die Spur wurde jetzt immer deutlicher, und ich immer aufgeregter. Ich fing an, mit dem Schwanz zu wedeln. Die Ohren richtete ich aufmerksam nach vorne. Nie zuvor hatte ich so angestrengt geschnüffelt. Wally? Wally? Ich hatte ihn fast …

Und da war er. Die Spur führte um einen Baum mit dickem Stamm herum, und auf der anderen Seite saß Wally, die Beine ausgestreckt, den Rücken gegen eine dicke Wurzel gelehnt.

Als er mich sah, sprang er sofort auf. »Du hast es geschafft, Ellie. Du hast mich gefunden!«

»Braver Hund. Gut gemacht!«, lobte Jakob.

Dann kam das Stöckchen. Ich genoss das Zerrspiel in vollen Zügen, noch mehr aber genoss ich Jakobs Tonfall.

»Sie ist gut, nicht? Ich war keine zehn Minuten hier!«, sagte Wally zu Jakob.

»Das ist sie wirklich«, stimmte Jakob mit leiser Stimme zu.

»Sie könnte echt etwas ganz Besonderes sein.«

Jakob kraulte mir die Ohren. »Das glaube ich auch.«

Von da an war Wally nie mehr da, wenn wir im Park ankamen. Immer war er schon weg, und ich musste ihn aufspüren. Jakob hörte auf, mir zu folgen, und brachte mir zwei neue Worte bei: »Zeig's mir«. Das hieß, ich musste Jakob dorthin führen, wo Wally sich hinter einem Baum oder Busch verkrochen hatte. Manchmal hieß es sogar, dass ich Jakob zeigen musste, wo einer von Wallys Socken oder T-Shirts lag. (Eine Katastrophe, dieser Mann, überall ließ er seine Sachen rumliegen, und ich durfte sie dann suchen und aufräumen.) Irgendwie wusste Jakob immer, dass ich etwas gefunden hatte, wenn ich zu ihm zurückgerannt kam. »Zeig's mir!«, sagte er dann, aber eben nur, wenn ich etwas zu zeigen hatte.

Die Arbeit lief schon ziemlich gut, als Jakob mich an einen neuen Ort brachte. Er ähnelte dem Park, aber es war ein Spielplatz darauf. Ich kannte Spielplätze. Auch in dem Park, in den wir abends gingen, gab es einen. Kleine Menschen liefen da herum wie Welpen, kletterten Leitern hinauf, flitzten Rutschen herunter und schwangen auf Schaukeln durch die Luft. Sie wirkten auf mich, als hätten sie Spaß. Auf diesem Spielplatz tollten aber keine Kinder herum. Wally-Suchen klappte auch nicht, denn es gab keine Büsche und Bäume, hinter denen er sich hätte verstecken können.

Zuerst führte Jakob mich zu einem Holzbrett, das schräg in die Luft ragte, eine Seite ruhte auf dem Boden, die andere hing etwa einen Meter weit oben in der Luft. Ich schnupperte, aber Wally war nicht in der Nähe. Nirgendwo nahm ich seinen Geruch wahr.

Es stellte sich heraus, dass Arbeit aus mehr bestand, als nur Wally zu suchen. Sanft zog Jakob an meiner Leine und bedeutete mir, auf die Rampe zu steigen. Na gut. Ich stieg hinauf. Auf der anderen Seite führte eine Leiter schräg nach unten.

Das gefiel mir weniger. Wo fanden meine Pfoten Halt?

Zögerlich setzte ich einen Fuß auf die oberste Sprosse. Dann den nächsten.

»Prima, Ellie. Und weiter«, ermutigte Jakob mich.

Ungeduldig, wieder auf festem Boden zu stehen, hüpfte ich hinunter.

»Nein, nicht springen«, sagte Jakob.

Was genau er sagte, verstand ich nicht, aber *Nein* kannte ich. Es war eines der Wörter, die mir am wenigsten gefielen.

Immer wieder führte Jakob mich die Rampe hinauf und die Leiter hinunter, und nach einer Weile ging mir ein Licht auf: Er wollte, dass ich Sprosse für Sprosse hinunterkletterte, auch wenn das nicht der schnellste Weg war. »Guter Hund, Ellie!« Ich liebte es, ein guter Hund zu sein.

Als Nächstes kamen wir an einen Stapel Baumstämme. Dass sie sich unter meinen Pfoten so uneben anfühlten, verunsicherte mich etwas. Sonst lief ich auf Wiese, Erde oder Gehsteigen, drinnen auf glatten Böden oder Teppichen. Hier musste ich das Gleichgewicht halten und von einem Stamm zum nächsten springen.

»Komm, Ellie. Braver Hund, Ellie!«

Jakobs Worte ermutigten mich, und ich machte weiter.

Dann kam der Tunnel.

Jakob zeigte ihn mir, und ich schnüffelte vorsichtig daran. Immer noch keine Spur von Wally, obwohl er sich wohl mit etwas Mühe in den Tunnel hätte zwängen können. Aber ich nahm schwach den Geruch anderer Hunde wahr, die vor mir hier gewesen waren. Sonst roch die Röhre nur nach Plastik.

Jakob platzierte sich auf der anderen Seite des Tunnels. »Komm, Ellie. Komm!«, rief er.

Durch die Röhre?

Ich wusste, ich sollte sofort gehorchen. Während der Arbeit alberte man nicht herum. Kein Zögern. Arbeit hieß, mach, was Jakob sagt, und zwar schnell.

Aber im Tunnel war es dunkel. Und was, wenn ich nicht durchkam?

»Komm!«

Mehr als dieses eine Wort von Jakob brauchte es nicht. Kopfüber stürzte ich mich in die Röhre. Mit den Vorderpfoten krallte ich mich in das glatte Plastik. Die Hinterbeine schoben an. Es war eng und heiß hier drinnen, außerdem roch es seltsam. Das gefiel mir gar nicht. Die Wände der Röhre waren überall und rückten näher und näher. Ich wollte sie nur noch hinter mir lassen, raus hier, dorthin, wo Jakob und seine Stimme auf mich warteten.

Ein letztes Mal stieß ich mich mit den Hinterbeinen ab, da purzelte ich in die frisch duftende Wiese.

»Prima, Ellie. Guter Hund!« Jakob vergrub seine Hände in meinem Fell und kraulte, was das Zeug hielt. Ich hechelte ein wenig. Leicht war es nicht gewesen, aber ich hatte meine Aufgabe erfüllt.

Diesen Hundespielplatz besuchten wir immer wieder, und schon bald gingen das Klettern, Balancieren und Kriechen, das Jakob mir abverlangte, wie von selbst. Die Röhre wuchs mir nie so ganz ans Herz, aber Jakob ließ ich das nicht wissen. Sobald ich das Kommando hörte, stürzte ich mich hinein und robbte hindurch, so schnell ich konnte.

Eines Tages zeigte Jakob mir das »Geschirr«, ein grelles, labberiges Ding, das aussah wie ein T-Shirt. Als er es mir zum ersten Mal anlegte, fragte ich mich, ob ich mich daraus befreien sollte, wie vor so langer Zeit, als ich noch ein Welpe war. Aber es stellte sich heraus, dass es um etwas anderes ging.

»Also, Ellie, wenn ich dir das Geschirr anlege, musst du still halten«, sagte Jakob und hakte etwas oben am Geschirr fest. Dann trat er zurück.

Verwirrt schaute ich ihn an. Und jetzt?

Da zerrte etwas an meinem Rücken. Überrascht zuckte

ich zusammen und versuchte, den Kopf zu drehen. Aber ich konnte nichts erkennen. Der Zug wurde stärker und stärker, und dann hob es mich glatt vom Boden!

»Ist gut, Ellie. Kein Problem. Dir passiert nichts«, sagte Jakob mit fester Stimme. »Ein Rettungshund muss manchmal auch an die Rettungswinde.«

Ich war mir nicht so sicher, dass mir nichts passierte. Meine Pfoten schwebten über dem Boden! Ich wollte wegrennen, aber wie sollte ich das anstellen, so wie ich in der Luft hing? In Panik geriet ich aber nicht. Jakobs Stimme klang ruhig und zuversichtlich. Er beobachtete mich mit einem Ausdruck, den er nur während der Arbeit aufsetzte. Also war das hier ebenfalls Arbeit, und ich musste es hinnehmen, egal wie seltsam es sich anfühlte.

Nach kurzer Zeit war ich auf eine Plattform gut eineinhalb Meter über dem Boden befördert worden. Sofort kletterte Jakob zu mir hoch und löste das Seil vom Geschirr. »Prima, Ellie. Guter Hund! So ein tapferes Mädchen!« Immer noch zitterte ich ein wenig, aber er fuhr mit den Händen durch mein Fell, bis ich mich beruhigte. Dieses Verfahren übten wir in den nächsten Wochen immer wieder, und nie dauerte es lange, bis ich wieder festen Grund unter meinen Pfoten hatte, das begriff ich schnell.

Ein anderes Mal holte Jakob etwas aus einer besonderen Tasche an seinem Gürtel. Er zeigte es mir.

»Braver Hund, Ellie. Das ist eine Pistole. Siehst du?«

Ich schaute sie an und schnüffelte daran, war aber froh, dass er sie nicht für mich werfen wollte. Sie sah nicht so aus, als ob sie weit fliegen würde, außerdem roch sie komisch. Die wollte ich nicht ins Maul nehmen.

Jakob zielte mit dem Ding in die Luft, und da gab es einen furchtbaren Knall, der mir in den Ohren schmerzte. Ich sprang auf und winselte. Aber als er noch ein paarmal schoss, erkannte ich, dass es nur Krach machte. Es mochte mir nicht gefallen, aber Gefahr bestand keine.

»Kein Grund zur Panik«, versprach Jakob. »Das ist eine Pistole, Ellie. Eine Pistole. Sie ist laut, aber du hast keine Angst, nicht wahr, Mädchen?«

Ich hatte keine Angst. Pistolen waren, wie es schien, ein Teil der Arbeit. Und vor Arbeit brauchte man sich nicht zu fürchten.

4

Ein paar Tage, nachdem Jakob mir die Pistole gezeigt hatte, gingen wir zusammen in einen neuen Park. Dort saßen viele Leute an einem langen Tisch – vor allem Männer, aber auch ein paar Frauen –, und mir fiel auf, dass viele ebenfalls eine Pistole am Gürtel trugen. Sie begrüßten uns lautstark.

»Setz dich, Jakob!«

»Ist das dein neuer Hund?«

»Lange nicht gesehen!«

»Hey, Jakob hat es geschafft! Schnell, macht ein Foto!«

Arbeit schien das hier nicht zu sein. Die Leute am Tisch redeten und lachten und aßen. Am Boden fand ich einen Kartoffelchip – lecker! –, dann legte ich mich neben Jakob und hoffte, dass noch mehr für mich abfiel.

Jakob aß, und jemand hatte ihm ein Getränk in einer Flasche gegeben, aber er redete und lachte nicht wie die anderen.

»Nicht wahr, Jakob?«, sagte jemand.

Jakob reagierte nicht. Ich setzte mich auf und stupste seine Hand an. Er streichelte mich, aber ich spürte, dass er in Gedanken ganz woanders war.

»Ich habe gesagt: ›Nicht wahr, Jakob?‹«

Jakob blickte auf und bemerkte, dass ihn alle anschauten. Er wirkte verlegen. »Was?«

»Wenn es je einen Aufruhr in der Stadt gäbe, bräuchten wir jede Einheit der Hundestaffel, die wir haben.«

»So ein Hund ist Ellie nicht«, sagte Jakob mit kühler Stimme und ohne jemanden direkt anzusehen. »Sie greift keine Leute an.«

Als er meinen Namen sagte, richtete ich mich auf, nur für den Fall, dass wir doch noch arbeiteten und ein Kommando folgte. Aber es kam keines. Stattdessen schauten die Leute jetzt mich an. Ich rückte näher an Jakob heran. Als die anderen das Gespräch fortsetzten, redete keiner mehr mit Jakob. Wieder stupste ich seine Hand an, und dieses Mal kraulte er mir die Ohren.

»Guter Hund, Ellie«, sagte er sanft. »Gehen wir spazieren.«

Spazierengehen? Das kannte und mochte ich. Freudig wedelte ich mit dem Schwanz. Gassi gehen war fast so gut wie Kartoffelchips.

Im Park gab es noch einen Spielplatz, aber für Menschen, und darum herum wanden sich einige Pfade. Ein Eichhörnchen, dass frech genug war, um direkt vor mir über den Weg zu hüpfen, wies ich mit einem Bellen zurecht, aber die meiste Zeit lief ich einfach neben Jakob her. Schließlich kamen wir an ein großes, tiefes Wasserbecken. In der Mitte des Beckens schoss eine weiße, blubbernde Wasserfontäne in die Luft. Ich trank ein paar Schlucke, nur um zu sehen, wie es schmeckte. Igitt! Irgendeine saure Chemikalie hatte das Wasser komplett verdorben. Heftig schüttelte ich den Kopf.

Jakob schmunzelte. »Das Brunnenwasser schmeckt nicht wie das daheim, was? Okay, Ellie.« Er hob ein Stöckchen auf. »Hol!«

Stöckchen holen! Das liebte ich! Jakob holte aus und warf mit aller Kraft. Es landete direkt im Wasser.

Im Wasser! Ich schnupperte an diesem so seltsam riechenden Wasser. Dann hielt ich eine Pfote hinein. Kalt! Sofort zog ich das Bein zurück.

Ich war zwar kein kleiner Welpe mehr, der sich vor seinem eigenen Wassernapf fürchtete, aber trotzdem, das hier gefiel mir ganz und gar nicht. Das war wirklich viel Wasser. Was Jakob wollte, wusste ich schon. Ich sollte ihm das Stöckchen bringen. Er trennte sich ungern länger von seinen Stöckchen.

Ich schob die Vorderbeine ins Wasser und wollte mich mit den Pfoten abstützen, aber zu meinem Entsetzen erreichte ich den Boden nicht. Ich fiel ins Becken. Wasser spritzte mir in die Augen und schoss mir in die Nase. Ich geriet in Panik. Spuckend und würgend krallte ich mich mit den Pfoten am Beckenrand fest, zog mich aus dem Wasser und schüttelte mich heftig.

»Hol! Wo ist das Stöckchen, Ellie?«

Das Stöckchen kannst du vergessen. Dahinein würde ich im Leben nicht mehr gehen. Als ich untergetaucht war, hatte mich das zu sehr an meinen Traum mit dem Jungen erinnert. Wie hieß er noch gleich? Ethan. Wie er im Wasser immer weiter und weiter versank. Die Angst, die ich im Traum verspürt hatte, packte mich jetzt, als wäre es eine echte Erinnerung.

Das Wasser war kalt. Und noch schlimmer, es war ständig in Bewegung, schwappte auf und nieder, vor und zurück. Es war gefährlich. Ich wollte da nicht rein.

»Das Stöckchen!«, drängte Jakob.

Du willst ein Stöckchen? Ich flitzte über den Rasen und sprang mit einem Satz auf einen schönen, großen Stock. Ich hob ihn auf und schüttelte ihn, um Jakob zu beweisen, wie toll dieses Stöckchen war.

»Ellie, komm«, befahl er mit strenger Stimme.

Oh-oh. Mit gesenktem Schwanz lief ich auf ihn zu und legte ihm das Stöckchen vor die Füße.

»Du magst kein Wasser, wie?« Jakob ging in die Hocke und beäugte mich. »Das könnte ein Problem werden, weißt du. Los, Ellie, hol das Stöckchen. Du kannst das. Geh schwimmen.«

Schwimmen? Ich wollte nicht schwimmen, wenn man dafür ins Wasser musste.

Jakob hob das neue Stöckchen auf und warf es ebenfalls in den Brunnen. *O nein!* »Los, Ellie. So schlimm ist es nicht. Hol!«

Warum warf er das Stöckchen nicht einfach in die andere Richtung? Ich lief ein paar Schritte, um ihm zu zeigen, wohin er schmeißen sollte. *Los, Jakob. In diese Richtung! Wirf das Stöckchen auf die Erde! Die Wiese ist viel besser als das Becken!*

Aber er hörte nicht auf mich. Er warf noch ein Stöckchen in das Becken, und noch eines. Ich winselte leise, damit er bemerkte, wie schlecht diese Idee war. Wasser war gefährlich. Menschen sollten da nicht hineingehen. Und Hunde auch nicht.

»Okay«, sagte Jakob mit nachdenklichem Blick. »Okay …«

Und dann sprang er in den Brunnen.

Gerade eben noch stand er neben mir, und im nächsten Augenblick war er weg. Er plumpste kopfüber ins Wasser, ruderte mit den Armen und verschwand.

Er ging unter! Genau wie Ethan, der Junge!

Ich bellte, damit Jakob wieder auftauchte. Ich lief am Rand des Beckens auf und ab. Jakob! Jakob war im Wasser!

Auch ohne dass er ein Kommando gegeben hatte, wusste ich, was zu tun war. Ich musste ihn holen, so wie ich die Stöckchen hätte holen sollen. Ich musste ins Wasser gehen.

Ich wollte nicht. Aber Jakob war da unten. Ich musste ihn zurückholen!

Bevor ich mich versah, war auch ich im Wasser.

Meine Beine schienen zu wissen, was zu tun war – ich paddelte, so gut ich konnte, und bewegte mich auf die Stelle zu, wo Jakob verschwunden war. Trotzdem war das Wasser so schlimm wie beim ersten Mal. Mein Fell wurde so schwer, dass ich Mühe hatte, in Bewegung zu bleiben. Das unangenehm riechende Nass spritzte mir in die Augen und schwappte mir in Mund und Nase. Das brannte! Jakob konnte ich nicht riechen. Eigentlich roch ich *überhaupt nichts*. Panik stieg in mir hoch. Es war schon so viel Zeit vergangen, Jakob war immer noch

unter Wasser, und ich fand ihn einfach nicht. Leute finden war meine Aufgabe, unsere Arbeit. Ich musste Jakob finden!

Luftbläschen stiegen unter mir auf und kitzelten mir den Bauch. Ich schaute heftig blinzelnd nach unten. Da war er! Jakob!

Er tauchte auf und griff nach mir. Irgendwie konnte er stehen, das Wasser reichte ihm bis zur Hüfte. Er schüttelte sich das Wasser aus dem Gesicht und gab sein kurzes, bellendes Lachen zum Besten.

»Gutes Mädchen, Ellie. Du hast es geschafft. Du bist mir hinterhergesprungen! Guter Hund!«

Er schob mich zurück in Richtung Beckenrand und half mir hinaus, dann stieg er selbst aus dem Wasser. Triefend nass setzten wir uns nebeneinander, und Jakob kraulte mir die Ohren.

»He! Hey, Sie da!« Jemand, der dieselbe dunkle Kleidung trug wie Jakob, rannte auf uns zu. »Kein Schwimmen im Brunnen. Was erlauben Sie sich, mit Ihrem Hund so herumzualbern?«

»Wir albern nicht herum«, sagte Jakob und zeigte ein glänzendes Ding an seinem Gürtel vor. »Wir arbeiten.«

5

Jakob war froh, dass ich ins Wasser gegangen war, das wusste ich. Ich war glücklich, wenn er es war, aber als wir am nächsten Tag in den alten Park gingen, konnte ich ein Gefühl der Erleichterung nicht leugnen. *Suchen* gefiel mir um einiges besser als *Schwimmen*.

Wally war nirgends zu sehen; daran war ich ja mittlerweile gewöhnt. Aufmerksam schaute ich zu Jakob hoch und wartete mit gespitzten Ohren auf das Kommando »Such«. Aber Jakob überraschte mich. Er hatte einen alten Mantel aus dem Auto mitgebracht, und nun zeigte er ihn mir. »Such, Ellie. Such!«

Den Mantel suchen? Das war seltsam. Der Mantel war doch hier, in Jakobs Händen.

Jakob hielt mir den Mantel direkt vor die Nase, so dass ich daran schnuppern konnte. Ich sog den Duft der Person ein, die das Kleidungsstück getragen hatte. Es war nicht Wally. Der Mantel roch nach jemand anderem, einem anderen Mann. Meine Nase erkannte Schweiß, etwas Süßes, mit dem er sich bekleckert hatte, Kaffee und Rauch von diesen komischen weißen Stängeln, die Menschen sich manchmal in den Mund steckten.

»Such, Ellie!«

Zwar war ich immer noch ratlos, aber ich schnupperte ein wenig an den Grashalmen in der Umgebung. Suchen begann für gewöhnlich mit riechen. Und da war er – derselbe Geruch wie auf dem Mantel.

Ich erinnerte mich daran, wie ich immer wieder Wallys Socken oder T-Shirts gefunden und dann Jakob gezeigt hatte. Das hier schien ganz ähnlich zu laufen. Nur, dass ich nicht den Mantel finden musste, um ihn Jakob zu zeigen; ich sollte die Person suchen, die den Mantel getragen hatte.

Nun, da ich wusste, was ich tun sollte, war es einfach. Die Spur war frisch und kräftig, und es war nicht schwer, ihr zu folgen: Über die Wiese, zwischen zwei Bänken hindurch, in den Schatten der Bäume – und da war er. Der Mann trug einen hellen Pullover, einen Hut, und er hatte einen dieser weißen Stängel im Mund. Als ich zurück zu Jakob lief, wusste er sofort, dass ich etwas gefunden hatte. Er folgte mir zu dem Platz, wo der Mann immer noch wartete. Der Mann stand auf und schüttelte Jakobs Hand. Nach einem schönen

Zerrspiel mit dem Stöckchen hörte ich, wie Jakob ihm dankte.

Am nächsten Tag lief es sogar noch komischer. Jakob und ich gingen in den Park. Dort schaute Jakob mich nur an und sagte: »Such!«

Ich schnüffelte. Den Geruch des Mannes mit dem Mantel entdeckte ich nirgends. Auch Wallys Geruch fehlte. Ich blickte zu Jakob auf. Was sollte ich tun?

Er beobachtete mich konzentriert. »Such!«, wiederholte er. »Such, Ellie!«

In der Hoffnung, so einen Hinweis auf meine Aufgabe zu erhalten, schnüffelte ich wieder die Wiese ab. Hier gab es viele interessante Gerüche; das Gras selbst, die Erde darunter, hier und da Stellen, die andere Hunde markiert hatten, Popcorn, das jemand hatte fallen lassen, die Spur eines Waschbären, der in der Nacht hier vorbeigekommen war, eine andere hatte ein Hase vor ein paar Stunden hinterlassen. Füße und Pfoten waren kreuz und quer über dieses Gelände gelaufen. Ich arbeitete auf Hochtouren.

»Manchmal musst du nach allen Leuten suchen, die du finden kannst, Ellie«, erklärte Jakob. Als er meinen Namen sagte, schaute ich ihn an. »Okay? Such!«

Ich hörte das Kommando und senkte sofort wieder die Nase auf den Boden.

Da war eine frische Spur, die besonders auffiel: von einem Menschen, weiblich und jung. Ich folgte der Spur ein paar Meter weit. Sie trug Schuhe mit Gummisohlen. Zum Frühstück hatte sie Frischkäse gegessen. Sie war in diese Richtung gelaufen. Ich warf einen Blick zurück zu Jakob. Machte ich etwas falsch? Er stand ganz still da und beobachtete mich, während ich mich von ihm entfernte. Wie immer, wenn wir arbeiteten, bekam er diesen Ausdruck in den Augen, als wäre ich das Einzige auf der Welt, was er sah.

Nach wie vor unsicher, ob ich das richtig machte, senkte ich meine Nase wieder. Nun hatte Jakob mir aber befohlen zu suchen. Die auffälligste Spur hier gehörte zu dem Mädchen, das Frischkäse gegessen hatte. Ich folgte ihr.

Die Fährte führte mich zu einer Bank. Ich hielt inne und schnupperte angestrengt. Eine Weile hatte sie hier gesessen, ich roch ihre Schuhe, ihre Kleidung, ihre Haut und ihr Haar. Aber sie war nicht mehr da. Die Suche war noch nicht vorüber.

Die Spur führte fort von der Bank über einen weichen Rasen. Hier warfen ein paar kleine Menschen einen Ball herum und lärmten und schrien. Ich wollte die Wiese schnell überqueren, da kullerte mir ein Ball direkt vor die Nase. Ganz leicht hätte ich ihn aufheben und zu dem Jungen bringen können, der ihn geworfen hatte. Jakob war nicht da und konnte nicht sehen, was ich tat, und es wären ja nur ein, zwei Minuten spielen. Der Ball lag direkt vor mir, nur wenige Zentimeter von meiner Nase entfernt …

Aber was war mit dem Mädchen? Ich musste sie finden. Jakob hatte mir das aufgetragen. Ich durfte jetzt nicht stehenbleiben und spielen. Das hier war Arbeit. Das Vergnügen kam später.

Die Fährte führte mich einen schlammigen Pfad entlang. Der schlängelte sich bald schon zwischen Bäumen und Wurzeln hindurch. Ich hüpfte über eine große Wurzel, die wie eine Schlange geformt war, und da saß sie unter einem Baum mit einem Buch im Schoß.

Sie schaute mich an und lächelte, dann wandte sie sich wieder ihrem Buch zu und blätterte eine Seite um.

Ich rannte zurück zu Jakob, flitzte über den Rasen zwischen den spielenden Kindern hindurch, aber mir war etwas mulmig zumute. Hatte ich das richtig gemacht? War es das, was Jakob von mir wollte?

Es schien so. »Zeig's mir!«, sagte er, kaum hatte ich ihn erreicht. Und »Guter Hund!«, als ich ihn zum Mädchen gebracht hatte. »Super, Ellie!«

»Was machen Sie?«, wollte das Mädchen wissen, legte ihr Buch beiseite und schaute uns an.

»Sie ist ein Such- und Rettungshund«, erklärte Jakob. »Sie lernt, Leute zu finden.«

Das Mädchen lächelte übers ganze Gesicht. »Und sie hat mich gefunden?«

»So ist es.« Jakob hatte ein Stöckchen für mich, und wir wirbelten über die kleine Lichtung. Das Mädchen wusste anscheinend nicht, dass eigentlich sie das Zerrspiel mit mir machen sollte. (Wally vergaß das nie.) Aber das kümmerte mich nicht, solange irgendjemand mit mir tobte und balgte.

Das Mädchen mochte vielleicht nicht so helle sein, aber sie war nett. Sie lachte und streckte mir die Hand entgegen, als ich in ihre Nähe kam. Ich hoffte, dass sie etwas Frischkäse mit mir teilen wollte, dem war aber nicht so. Dafür kraulte sie mich hinter den Ohren. Das war auch schön.

Der nächste Mensch, den ich fand, war mir weniger sympathisch. Hingekauert saß er in einem Busch und hielt sich eine seltsame riesige Brille vor die Augen. Er roch säuerlich, als hätte er sich schon eine Weile nicht mehr anständig gewaschen. Jemand sollte ihn mit dem Gartenschlauch abspritzen.

»Psst!«, zischte er mich an, und als ich dann Jakob hinbrachte, und wir mit einem Stöckchen um den Busch herumtollten, blickte er ganz finster drein.

»Würde es Ihnen etwas ausmachen, woanders mit Ihrem Hund zu spielen?«, fragte der Mann mürrisch. »Sie haben mir schon eine Scharlachtangare verschreckt!«

»Verzeihung«, sagte Jakob. Was da genau gesagt wurde, verstand ich nicht, aber der Mann wirkte verärgert, und Jakob schien das gar nicht weiter zu kümmern.

In den nächsten Tagen fanden wir jede Menge Leute. Manche freuten sich, uns zu sehen, andere nicht. Aber Jakob lobte mich, ganz egal wie die gesuchte Person reagierte. Das war es, was Arbeit bedeutete, stellte ich fest. Ich sollte Menschen suchen und Jakob zu ihnen bringen, und er entschied dann, ob es die richtigen Menschen waren oder nicht. Das war seine Aufgabe. Meine Aufgabe war es, sie zu finden.

Gut ein Jahr lebte ich bereits bei Jakob, als er anfing, mich an einen neuen Arbeitsplatz mitzunehmen. Dort gab es viele Leute, die meisten waren einfarbig gekleidet wie Jakob. Sie waren freundlich und riefen mich beim Namen, wenn aber Jakob mich an seine Seite rief, hielten sie respektvoll Abstand.

Ein paar andere Hunde gab es hier auch. Jakob führte mich nach draußen in ein eingezäuntes Gehege. »Das ist dein Zwinger, Mädchen«, sagte er. Zwei andere Hunde warteten dort schon auf mich: Cammie und Gypsy. Cammie war kohlrabenschwarz, Gypsy hatte braunes Fell.

Als Jakob die Tür öffnete und mich hineinließ, stand ich erst ganz still, damit die anderen mich beschnuppern konnten. Dann war ich an der Reihe, sie zu beschnüffeln. Sie rochen gut. Gypsy war in meinem Alter; Cammie dagegen etwas betagter. Nachdem er mich eingehend überprüft hatte, legte er sich mit einem Seufzen auf den Boden, als wäre ein neuer Hund doch nicht allzu interessant.

Gypsy hatte einen Ball im Maul. Sie legte ihn vor sich ab und ließ ihn ein paar Zentimeter wegrollen. Dann schnappte sie ihn wieder. Dabei behielt sie mich im Auge.

Hmmmm. Ein Ball. Mit dem Ball könnte ich spielen. Warum sollte Gypsy einen Ball haben und ich nicht?

Wie sehr mir ihr Spielzeug gefiel, ließ ich sie nicht wissen. Aber als sie den Ball wieder davonrollen ließ, machte ich einen Satz. Knapp gewann ich den kleinen Wettlauf. Jetzt gehörte der Ball mir. Gypsy jagte mich durch den ganzen Zwinger, und Cammie knurrte leise, als wir direkt an seiner Nase vorbeizischten. Dann überließ ich Gypsy den Ball und nahm die Verfolgung auf. Und schon tauschten wir die Rollen ein weiteres Mal.

Aber als Jakob an den Zwinger trat, ließ ich den Ball sofort fallen und setzte mich vor ihn an den Zaun. Gypsy schnappte sich den Ball, kam dann aber auch zu uns herüber. Sogar Cammie setzte sich auf und spitzte die Ohren.

Ging es jetzt an die Arbeit?

Es sah nicht so aus. Jakob schaute mich nur an und nickte. »Du kommst zurecht?«, fragte er und kraulte mir durch den Drahtzaun hindurch die Ohren, bevor er wieder ging.

So lief es im Zwinger. Wenn Gypsy und ich Zeit hatten, spielten wir, während Cammie zusah, aber wenn ein Mensch auf den Hof lief, war das Spiel vorbei. Wir rasten zum Zaun, bereit, dem Ruf der Arbeit – wenn er denn kam – zu folgen.

Gypsy arbeitete mit einem Polizisten namens Paul, und die beiden waren viel unterwegs. Manchmal übten sie aber auch im Hof, wo ich sie sehen konnte. Und sie machten alles falsch! Gypsy steckte ihre Nase nur in Schachteln oder Kleidungsstücke, sogar wenn man auf den ersten Blick sah, dass sich da kein Mensch verstecken konnte. Und noch schlimmer, sie gab Laut, obwohl sie gar niemanden gefunden hatte! Trotzdem lobte Paul sie jedes Mal und zog ein kleines Paket aus dem Objekt, auf das sie mit der Nase deutete.

Cammie machte sich nicht die Mühe, Gypsy zu beobachten. Womöglich schämte er sich für die arme Hündin. Cammies Mensch hieß Amy, und die beiden kamen nur selten zum Einsatz. Aber wenn es so weit war, dann ging es ganz schnell. Amy holte Cammie ab, und sie stürmten im vollen Lauf davon.

Ich verstand nicht wirklich, was meine zwei Hundekollegen machten, aber so wichtig wie Leute finden konnte es nicht sein.

»Hast du diese Woche einen Einsatz?«, fragte Amy Paul eines Tages.

»Wir halten am Flughafen Ausschau nach Drogenschmugglern, solange Garcia noch krank ist«, erzählte Paul ihr. »Wie läuft's im Bombenentschärfungskommando?«

»Ruhig. Ich mache mir aber Sorgen um Cammie. Er liegt in letzter Zeit häufiger daneben. Ich frage mich, ob er noch richtig riecht.«

Als sein Name fiel, hob Cammie den Kopf, und ich schaute ihn an.

»Wie alt ist er jetzt? Zehn?«, fragte Paul.

»Fast«, erwiderte Amy.

Ich stand auf und schüttelte mich, weil ich spürte, dass Jakob in der Nähe war. Ein paar Sekunden später kam er um die Ecke. Er und die anderen Polizisten redeten, während wir Hunde sie beobachteten und uns fragten, warum wir nicht zu ihnen in den Hof durften.

Plötzlich spürte ich, wie Jakob eine Woge der Aufregung durchfuhr. Er sprach etwas in Richtung seiner Schulter, so wie Menschen manchmal in kleine Geräte redeten, die sie sich ans Ohr drückten. »Zehn-vier. Einheit Echo-Kilo-Sechs rückt aus.«

Amy rannte zu unserem Tor. Cammie sprang auf, aber sie rief nicht ihn. Sie schaute mich an. »Ellie!«, gab sie den Befehl.

Jakob rannte schon voraus, und ich schoss an Amy vorbei und holte ihn ein. Nur wenige Augenblicke später hatten wir den Hof verlassen, und ich saß in meiner Box im Auto. Jakobs Aufregung sprang auf mich über, und ich musste hecheln.

Intuitiv wusste ich, dass das, was uns bevorstand, um einiges wichtiger war als Such-Wally.

6

Jakob fuhr uns zu einem großen, niedrigen Gebäude. Vor dem Eingang standen einige Leute im Kreis. Schon als wir parkten, spürte ich die Nervosität der Menschen. Jakob kam an den Kofferraum und streichelte mich kurz, ließ mich aber im Auto. »Braver Hund, Ellie«, sagte er geistesabwesend.

Ich setzte mich auf und blickte ihm besorgt hinterher, als er sich zu der Gruppe gesellte. Was tat er da? Warum lief er weg? Ging es jetzt nicht an die Arbeit? Ich wusste, dass ich geduldig auf sein Kommando warten sollte, aber gerade fiel mir das sehr schwer. Ich winselte leise.

Als sie Jakob bemerkten, fingen alle Leute gleichzeitig an zu sprechen.

»Erst beim Mittagessen ist uns aufgefallen, dass sie fehlt, aber wie lange sie schon weg ist, wissen wir nicht.«

»Marilyn ist eine Alzheimer-Patientin. Manchmal glaubt sie, sie wäre wieder in ihrem alten Haus, aber sie wird sich nicht an den Rückweg erinnern.«

»Ich verstehe nicht, wie sie hier herausgekommen ist, ohne dass es jemand merkt.«

Während ich im Auto wartete, kletterte ein Eichhörnchen einen Baumstamm hinunter und buddelte in der Wiese nach Fressbarem. Verblüfft starrte ich es an. Wusste es denn nicht, dass ich ein gefährliches Raubtier war? Und dass ich keine drei Meter von ihm entfernt lauerte?

Jakob kam an den Wagen und öffnete meine Box. »Bei Fuß«, befahl er und verdarb mir damit die Gelegenheit, dem Eichhörnchen eine Lektion zu erteilen. Aber es schoss ohnehin schon wieder den Baumstamm empor, setzte sich auf einen Ast und schnatterte. Ich ignorierte es. Zeit zu arbeiten.

Jakob führte mich fort von den Menschen in eine Ecke des Hofs. Dort zeigte er mir zwei Blusen, die nach altem Schweiß und etwas Süßem und Blumigem rochen. Ich steckte meine Nase in den Stoff und atmete tief ein. »Ellie, such!«

Es war genau wie im Park. Ich wusste, was ich zu tun hatte, und machte mich auf den Weg vorbei an der Menschentraube. »Da entlang ist sie bestimmt nicht gegangen«, sagte jemand.

»Lassen Sie Ellie arbeiten«, erwiderte Jakob.

Arbeit. Die Erinnerung an den Geruch der Kleidung

im Kopf hielt ich die Nase in den Wind und bewegte mich mal hierhin, mal dorthin, um die Spur aufzunehmen. Viele Leute waren über den Hof gelaufen, Hunde auf dem Bürgersteig. Autos waren die Straße hinuntergefahren. Ich roch sie alle, aber keiner dieser Gerüche passte. Ich konnte die Fährte nicht finden.

Missmutig drehte ich mich zu Jakob um.

Er bemerkte, dass ich enttäuscht war. »Ist schon gut, Ellie. Such.« Er machte ein paar Schritte in Richtung Straße, und ich flitzte an ihm vorbei. Hier gab es weitere Wiesen; jede suchte ich eingehend ab. Irgendwo musste der Geruch, dieser eine richtige Geruch, versteckt sein. Und ich würde ihn entdecken.

Ich bog um eine Ecke und bremste ab. Da war er! Es war nur die leise Andeutung einer Spur in der Luft, aber der Duft wurde stärker, als ich mich auf sie zubewegte. Sie lockte mich, kam zu mir …

Ich konzentrierte mich ganz auf die richtige Spur, mittlerweile war der Geruch kräftig. Es gab keinen Zweifel mehr. Ich hatte es gefunden. Gut zehn Meter vor mir, unter ein paar Büschen, war die Quelle des Duftes, das stand fest. Ich machte kehrt und rannte zurück zu Jakob, zu dem sich in der Zwischenzeit weitere Polizeibeamte gesellt hatten.

»Zeig's mir, Ellie!«, sagte Jakob sofort.

Ich führte ihn zu den Büschen. Er bückte sich und stocherte mit einem Stock in der Erde.

»Was ist da?«, fragte einer der Polizisten, der uns gefolgt war.

»Ein Taschentuch. Guter Hund, Ellie!« Er bot mir das Stöckchen an, und wir machten ein kurzes Zerrspiel, aber ich spürte, dass wir noch nicht fertig waren. Es gab noch mehr zu tun.

»Woher wissen wir, dass es ihres ist? Jeder hätte es fallen lassen können«, wandte einer der Polizisten ein.

Jakob ignorierte ihn. Er ging in die Hocke, so dass sein Gesicht ganz nah an meinem war. »Okay, Ellie. Such!«

Ich folgte der Spur, die von dem Taschentuch wegführte. Sie führte zwei Häuserblocks geradeaus, dann rechts in eine neue Straße, und dort wurde der Geruch immer deutlicher. Dann lenkte die Spur mich in einer weiteren scharfen Rechtskurve in eine Einfahrt und durch ein offenes Tor.

Und da saß sie auf einer Schaukel und schwang sanft hin und her. Ihre Füße streiften gerade so den Boden. Ein Glücksgefühl ging von ihr aus, und sie schien sich über mich zu freuen.

»Hallo, Hündchen«, sagte sie. Irgendwie klang ihre Stimme, als käme sie aus weiter Ferne, obwohl sie doch nur wenige Meter vor mir saß.

Ich rannte zurück zu Jakob. Seine Aufregung erreichte eine neue Höchstmarke, als er mich entdeckte. Er wusste, dass ich meine Arbeit erledigt hatte. Ich hatte sie gefunden! Aber er wartete, bis ich bei ihm war, bevor er den Befehl gab. »Okay, zeig's mir!«, sagte er.

Ich brachte ihn zu der Dame auf der Schaukel. Als er durch das Tor trat und sie sah, wirkte er sichtlich erleichtert. »Sind Sie Marilyn?«, fragte er mit leiser Stimme.

Sie neigte den Kopf und schaute ihn an. »Bist du Warner?«, antwortete sie.

Jakob sprach in das Gerät an seiner Schulter, und kurz darauf kamen weitere Polizisten. Erst dann gingen wir in den Vorgarten. »Super, Ellie!«, lobte er mich. Er holte einen Gummiring aus seiner Tasche und ließ ihn über den Rasen hüpfen. Ich stürzte mich darauf und zeigte ihn Jakob, damit er ihn packen und mit mir darum kämpfen konnte. Wir spielten mehrere Minuten lang, und ich konnte gar nicht aufhören, mit dem Schwanz zu wedeln.

Dann kam eine weitere Person. Sie legte Marilyn den Arm um die Schultern und führte sie zurück die Straße hinunter. Wir folgten ihnen. Vor dem Gebäude angekommen, spürte ich die Erleichterung der Leute, die, Marilyns Namen rufend, herbeieilten, um sie zu begrüßen und hineinzubegleiten.

Die so weit entfernte, sanfte Dame namens Marilyn hatte in Gefahr geschwebt, das verstand ich nun. Jakob und ich hatten sie gerettet.

Als Jakob mich wieder in die Box im Kofferraum hüpfen ließ, bemerkte ich, wie stolz er war. »Gut gemacht, Ellie. Du bist so ein toller Hund.«

Das war vielleicht nicht die Liebe, die Georgia mir entgegenbrachte, aber es kam dem schon so nahe, wie Jakob eben konnte. In diesem Augenblick verstand ich zum ersten Mal, was meine eigentliche Aufgabe war: Ich sollte die Leute nicht nur finden, sondern retten.

Das taten Jakob und ich zusammen; das war unsere Arbeit. Und das war für Jakob das Wichtigste.

Am nächsten Tag war die Normalität wieder eingekehrt. Wally versteckte sich mitten auf einer Müllhalde, auf der sich Abfall aller Art finden ließ – manches roch köstlich, anderes furchtbar, trotzdem schaffte ich es, Wallys Geruch aufzuspüren. Mich konnte er nicht austricksen! Nach getaner Arbeit hielt Jakob an einem Geschäft und kaufte einen Strauß süß duftender Blumen. Überraschenderweise machten wir uns anschließend nicht auf den Heimweg.

Stattdessen fuhren wir weiter und weiter. Die Fahrt dauerte so lange, dass ich schon gar keine Lust mehr hatte, meine Nase durch das Drahtgeflecht meiner Box zu halten. Normalerweise liebte ich die Woge an Gerüchen, die sich über mich ergoss, wenn wir Auto fuhren. Kaum zu glauben, dass ich als Welpe Angst davor gehabt hatte. Jetzt fuhr ich schrecklich gern Auto. Die Gerüche kamen und gingen so schnell, dass ich sie gar nicht auseinanderhalten konnte, aber es war einfach schön, sich berieseln zu lassen.

Zuletzt langweilte es mich aber, und ich legte mich, den Kopf auf die Pfoten gebettet, auf den Boden und wartete auf das Ende der Reise.

Als Jakob mich aussteigen ließ, wirkte er niedergeschlagen. Was auch immer in seinem Inneren schmerzte, trat nun stärker denn je zutage. Er bewegte sich sogar träge, als wäre seine Trauer etwas Schweres, das er mitschleppen musste.

Ich sprang aus dem Auto. Wir befanden uns in einem großen Park, in dem Unmengen an glatten Steinen aus der Wiese ragten.

Weil ich nicht wusste, was als Nächstes kam, hielt ich mich an Jakob, der mit den Blumen im Arm vom Fahrzeug wegging. War das Arbeit? Vermutlich nicht. Wenn wir arbeiteten, war Jakob nie so traurig.

Schließlich blieb Jakob stehen und kniete sich hin. Die Blumen legte er neben einen der Steine. Der Schmerz in seinem Innern war so erdrückend, dass ihm stille Tränen über die Wangen rannen.

Besorgt stupste ich seine Hand an. Jakob sollte nicht so weinen. Dagegen musste man etwas unternehmen.

»Ist schon gut, Ellie. Guter Hund. Sitz.«

Ich setzte mich. Etwas tun, um ihm zu helfen, ihn finden und retten, konnte ich nicht, also blieb ich einfach bei ihm und teilte seine Trauer.

Er räusperte sich. »Ich vermisse dich so, Liebling. Ich … Manchmal denke ich, dass ich den Tag nicht überstehen kann, wo ich doch weiß, dass du nicht da bist, wenn ich nach Hause komme«, flüsterte er mit heiserer Stimme.

Ich spitzte die Ohren, als er »nach Hause« sagte. *Ja*, dachte ich. *Lass uns nach Hause gehen. Diesen traurigen Ort verlassen.*

Aber Jakob rührte sich nicht und sprach weiter.

»Ich bin jetzt im Such- und Rettungsteam. Ich habe

einen Hund. Sie heißt Ellie, eine einjährige deutsche Schäferhündin.«

Ich wedelte mit dem Schwanz.

»Du würdest sie mögen, Liebling. Ich wünschte, du hättest sie kennenlernen können. Sie ist ein guter Hund, das ist sie wirklich.«

Ich wedelte fester mit dem Schwanz, aber Jakob schien mich gar nicht zu bemerken, obwohl er doch meinen Namen und »guter Hund« gesagt hatte.

»Gerade haben wir die Prüfung abgelegt, so dass wir in den Einsatz dürfen. Ich bin froh, vom Schreibtisch weg zu sein. Bei all dem Sitzen habe ich bestimmt fünf Kilo zugenommen.« Jakob lachte, klang dabei aber so merkwürdig, dass ich fast winseln musste. Es war ein freudloses, trauriges, gequältes kleines Lachen.

Gut zehn Minuten blieben wir noch fast reglos sitzen. Jakob erschien mir wie einer der Steine, die aus dem Boden ragten, hart und kalt und starr. Langsam veränderte sich die Empfindung, die ich in ihm wahrnahm. Der rohe Schmerz machte einem Gefühl Platz, das an Angst erinnerte.

»Ich liebe dich«, flüsterte Jakob. Dann stand er auf und ging. Ich folgte ihm dicht auf den Fersen.

7

Von diesem Tag an verbrachte ich weniger Zeit im Zwinger. Da draußen gab es jede Menge Leute zu finden. Manchmal waren es Erwachsene, manchmal Kinder. Manche hatten Angst. Andere waren verwirrt oder wussten wie Marilyn gar nicht, dass sie verlorengegangen waren. Aber die meisten freuten sich, uns zu sehen.

Manchmal flogen wir auch mit Flugzeugen oder Hubschraubern. »Du bist ein Helikopter-Hund, Ellie!«, sagte Jakob jedes Mal, wenn wir abhoben. Das erste Mal beunruhigte mich der Lärm, aber bald erkannte ich, dass Flugzeuge und Hubschrauber sich kaum von einem Auto unterschieden – sie brachten uns dorthin, wo es Arbeit zu erledigen gab. Das Brummen, das sogar den Metallboden zum Vibrieren brachte, machte mich nach einer Weile schläfrig, und meistens döste ich ein. Und wenn ich wieder erwachte, ging es mit Jakob an die Arbeit.

Eines Tages begaben Jakob und ich uns mit dem Auto an den größten See, den ich je gesehen hatte. Alles war

voller Menschen, und schon als wir vorfuhren, liefen uns ein Mann und eine Frau entgegen. Noch bevor Jakob mich aus der Box lassen konnte, redeten sie schon hektisch auf ihn ein. Die Frau zog einen weichen, bunten Pullover aus der großen Tasche unter ihrem Arm, und Jakob ließ mich daran schnuppern.

»Kann Ihr Hund wirklich …«, begann die Frau. Sie wirkte, als würde sie gleich weinen. »Ich meine, wir wissen nicht einmal, wie lange sie schon weg ist. Ich war mir sicher, dass Charlotte mit den anderen Kindern am Wasser spielt, aber als ich aufsah, war sie nicht mehr da. Die Kinder konnten sich nicht einmal daran erinnern, dass sie gegangen ist.« Jetzt weinte die Frau wirklich, und der Mann nahm sie in die Arme.

»Ellie ist sehr gut«, sagte Jakob ruhig. »Wir müssen sie nur ihre Arbeit machen lassen. Such, Ellie!«

Ich sog den Geruch des Pullovers tief ein. Sonnencreme … Salz … Ketchup … ein Klecks Eiscreme … Shampoo, das nach Erdbeeren roch … und kleines Mädchen. Jetzt wusste ich, nach wem ich suchte.

Ich senkte meine Nase auf den Sandboden. Er roch … anders. Ich hatte die Spur von Menschen schon über Wiesen, Erde, Bürgersteige und Straßen verfolgt. Aber das hier war neu. Alles roch feucht und salzig. Dazu kam das kräftige, nasse Aroma von Seegras in der Luft, das drohte, den schwachen Duft nach kleinem Mädchen zu überdecken.

Und überall, kreuz und quer verliefen die Spuren unzähliger Menschen. Sie waren über den Strand gelaufen, ins Wasser hinein und wieder heraus. Ich roch Badelatschen und nackte Haut und Essen. So viel Essen! Jemand grillte Würstchen. Jakob machte die gelegentlich auch zu Hause, und dann durfte ich immer probieren. Lecker! Es fiel mir schwer, der Versuchung zu widerstehen, nicht den Kopf zu heben und einen tiefen Atemzug dieses köstlichen Dufts einzusaugen. Aber ich behielt den Kopf unten. Ich arbeitete.

Ich lief hin und her und bahnte mir langsam meinen Weg in Richtung Wasser. Dieses Wasser war wirklich seltsam. Es roch stark nach Salz. Ich hatte gedacht, der Brunnen, in den Jakob gesprungen war, wäre groß, aber das hier – es war gigantisch, und es *bewegte* sich. Außerdem grollte es, als wäre es wütend. Eigentlich hätte ich mich davon lieber ferngehalten, aber die Spur des Mädchens führte direkt darauf zu. Und ich musste hinterher.

Da rollte mir das Wasser ganz überraschend fast bis an die Pfoten! Ich war der Spur auf dem Sand gefolgt, und plötzlich floss das Wasser auf mich zu und wieder zurück. Der Geruch war fortgeschwemmt. Erstaunt machte ich einen Satz zurück.

»Ist schon gut, Ellie«, sagte Jakob. Er war mir nicht von der Seite gewichen. »Such.«

Das war doch ungerecht, wenn das Wasser hier hochkam und mir die Spur wegwusch! Verärgert arbeitete ich noch härter. Die Spur musste irgendwo weitergehen. In weniger als einer Minute hatte ich die Fährte wieder aufgenommen. Das kleine Mädchen war am Wasser entlanggelaufen. Das Wasser blieb in Bewegung und versuchte mir einen Streich zu spielen, aber jedes Mal, wenn ich die Spur verlor, fand ich sie bald wieder. Ich hielt die Nase fest auf den Sandboden gerichtet.

»Wau-Wau! Wau-Wau!«, rief eine hohe Stimme, und kleine Hände tätschelten mich. Ein winziger Junge griff mir ins Fell und kicherte. Seine Finger waren ganz klebrig von Salzwasser und Eiscreme, und normalerweise hätte ich sie saubergeleckt.

»Beißt der?«, fragte eine Frau ängstlich.

»Nein, sie beißt nicht, aber sie muss arbeiten«, erklärte Jakob hinter mir. »Könnten Sie bitte …«

Aber ich wusste schon, dass ich nicht nach diesem Kind suchte. Also ging ich vorsichtig um es herum und lief nun schneller voran. Jakob fiel zurück.

Etwas Rundes landete neben mir im Sand, und ich schaute erschrocken auf. »Bring's«, rief ein Jugendlicher. Ich beschnupperte das Ding. Es war fest und bestand aus Plastik, darauf konnte man bestimmt gut herumkauen, aber zur Arbeit gehörte das nicht. Ich lief weiter.

Die Spur des Mädchens führte fort vom Wasser. Während ich den Strand hochlief, wurde der Geruch immer stärker. Ich blickte auf, und vor mir lag ein Spielplatz. Darauf rannten mehr kleine Menschen wild herum, als ich je zuvor gesehen hatte. Sie rutschten und kletterten Leitern hoch, genau wie ich es gelernt hatte. Aber wie mir schien, gingen sie nicht mit dem nötigen Ernst an die Sache heran. Sie spielten und machten dabei jede Menge Radau.

Hier war der Sand so übersät mit den Spuren von Kindern, dass der Geruch, dem ich folgte, einfach überdeckt wurde. Unruhig lief ich auf und ab und drehte mich im Kreis. Wo war er nur hin? Ich hob die Nase und versuchte es über die Luft. Sie war ganz in der Nähe, sie musste hier sein. Ich würde den Geruch wiederfinden, ich durfte nur nicht aufgeben.

Und so war es! Ich hatte sie entdeckt: Sie saß auf dem einen Ende einer Wippe, ein kleiner Junge auf dem anderen. Darauf flog sie kichernd hoch in die Luft und wieder hinunter auf den Boden. Ich machte kehrt und rannte zu Jakob. »Zeig's mir!«, sagte er mit einem Blick auf mein Gesicht.

Ich flitzte über den Spielplatz. »Hund!«, »Wau-Wau!« »Darf ich den Hund streicheln?« schallte es aus allen Richtungen. Als ich das Mädchen erreichte, berührten ihre Füße den Boden und sie hüpfte in ihrem Sitz auf und ab.

Jakob kam nach mir an. »Charlotte?«, sagte er. »Bist du Charlotte?«

»Mhm.« Das kleine Mädchen blickte auf und lachte. »Ich will auf dem Spielplatz bleiben!«, rief sie fröhlich. »Ich will nicht gehen!«

Als Charlotte wieder bei ihren Eltern war (ihre Mutter weinte noch mehr, und Charlotte weinte, als die Eltern meinten, sie könnte nicht weiterspielen, weil sie nach Hause müssten), legte Jakob mir die Leine an und kraulte mir die Ohren. »Willst du ins Meer, Ellie?«, fragte er.

Er brachte mich runter ans Wasser. Immer noch versuchte es, sich anzuschleichen und mich nass zu machen. Ich sprang zurück und bellte, einmal versuchte ich in das weiße, schaumige Wasser zu beißen, als es über meine Pfoten wirbelte. Da gluckste sogar Jakob. Das war das fröhlichste Geräusch, das ich je von ihm gehört hatte.

Er fand ein Stöckchen und warf es ins seichte Wasser. Vorsichtig watete ich hinaus, um es mir zu holen. Eine Welle umspülte meine Beine und machte mir den Bauch nass, aber es war nicht so schlimm, wie ich gedacht hatte. Trotzdem machte ich mir Sorgen, dass Jakob ins Wasser gehen und versinken könnte. Dieser Gedanke ängstigte mich. Ich schnappte mir das Stöckchen, schmeckte Salz und Holz und rannte zurück zu Jakob, dass es nur so spritzte.

Ausnahmsweise einmal sah ich ein echtes Lächeln auf seinem Gesicht. »Das ist das Meer, Ellie! Das Meer!«, rief er mir zu und warf mir das Stöckchen noch einige Male, bis ich, ohne zu zögern, in das wogende Wasser hinein- und hinaushüpfte. Ich war nass wie ein begossener Pudel, aber glücklich. Jakob würde nicht untergehen – grinsend blieb er am sicheren Ufer stehen. Und ich spürte, wie die Last, die Jakob das Herz so schwer machte, ein bisschen leichter wurde, während wir spielten.

8

Gypsy war am nächsten Tag nicht im Zwinger, nur Cammie hielt den Posten. Ich versuchte, ihn in ein tolles Ich-habe-den-Ball-und-du-nicht-Spiel zu verwickeln, aber er lag bloß da, den Kopf auf die Pfoten gebettet, und schaute mich nachsichtig an.

Dann kam Jakob auf den Hof. »Ellie!«, rief er.

Noch nie hatte ich eine solche Dringlichkeit in seiner Stimme gehört. Sofort ließ ich den Ball fallen und rannte ans Tor, damit er mich rauslassen konnte. Offensichtlich gab es Arbeit, und die klang wichtiger als alles, was ich bisher erlebt hatte.

Jakob eilte mit mir zum Auto, und wir fuhren davon. In den Kurven übertönten die quietschenden Reifen sogar noch die Sirene. Ich musste mich flach auf den Boden legen und mit den Pfoten festkrallen, damit ich nicht hin und her geworfen wurde.

Wir hielten an einem Parkplatz, auf dem sich Menschen versammelt hatten. Das war nicht ungewöhnlich.

Es kamen oft Leute, um Jakob und mir bei der Arbeit zuzusehen. Aber diese Leute schienen noch nervöser zu sein als alle zuvor. Eine Frau hatte solche Angst, dass sie sich kaum mehr auf den Beinen halten konnte, zwei Männer mussten sie stützen. Jakob war so beklommen zumute, dass auch mir das Fell zu Berge stand.

Jakob ließ mich in meiner Box und rannte zu den Menschen, um mit ihnen zu reden. Ich winselte ein bisschen, ganz leise. Da stimmte etwas nicht, ganz und gar nicht. Das Einzige, was jetzt helfen konnte, war, sofort mit der Arbeit zu beginnen.

Wir standen auf einem Parkplatz vor einem großen Gebäude mit Glastüren. Die verängstigte Frau griff in eine Tasche und zog ein weiches, schlaffes Spielzeug heraus. Es hatte lange Ohren wie ein Hase und sah ziemlich mitgenommen aus.

»Wir haben das Einkaufszentrum geschlossen«, sagte jemand.

Jakob kam zu meiner Box und öffnete sie. Dann ließ er mich an dem Kuscheltierhasen schnuppern. »Okay, Ellie? Hast du's? Du musst sie finden, Ellie!«

Noch ein kleines Mädchen, wie Charlotte. Aber anders. Natürlich hatte sie, wie jeder Mensch, ihren ganz eigenen Geruch. Dieser hier vereinte in sich Schweiß und Erde, Erdnussbutter und Salz, Seife, die nach Honig roch, und Kekskrümel. Ich sprang hinaus auf den harten schwarzen Untergrund und versuchte, all die Gerüche um mich herum zu sortieren.

Der Boden selbst roch genauso, wie er aussah: bitter und schwarz. Viele Menschen waren hier entlanggekommen. Da war eine faulig riechende Ölpfütze, und der Gestank von Benzin lag in der Luft. Jemand hatte eine Tasse Kaffee verschüttet. Diese Duftspuren interessierten mich aber nicht. Ich suchte nach einem kleinen Mädchen.

Ich bemerkte erst, dass ich vor ein fahrendes Auto lief, als der Fahrer auf die Bremse trat und der Wagen kreischend zum Stehen kam. »He, was zum …«, hörte ich eine wütende Stimme rufen.

Hinter mir zeigte Jakob etwas in seiner Hand vor. »Polizeihund!«, sagte er mit schneidender Stimme. »Setzen Sie zurück!«

»Ist gut, ’tschuldigung«, murmelte der Mann.

Aber dem schenkte ich schon keine Beachtung mehr. Das Auto war unwichtig. Ich hatte die Spur des Mädchens mit dem Stoffhasen gefunden. Aber ihr Geruch war vermischt mit einem anderen, fremden Duft. Kräftig … erwachsen … männlich. Selbstsicher und im Laufschritt verfolgte ich ihre Spuren.

»Sie hat's!«, hörte ich Jakob hinter mir rufen.

Dann verschwand der Geruch direkt vor einem parkenden Auto. Die beiden Leute, denen ich folgte, waren verschwunden. Sie mussten in einem anderen Auto weggefahren sein. Dieses Auto hatte den Parkplatz später wieder besetzt.

Ich machte kehrt, um es Jakob zu zeigen. Aber er freute sich nicht. Das bemerkte ich gleich. Enttäuschung verdüsterte seine Miene wie eine Regenwolke. Hatte ich etwas falsch gemacht? Sonst freute er sich immer.

»Okay, gutes Mädchen, Ellie, gut gemacht.« Er zog den Gummiring aus der Tasche. Aber er spielte höchstens ein, zwei Minuten mit mir, und in Gedanken schien er ganz woanders zu sein.

Zwar hatte Jakob mich gelobt, aber das Gefühl stimmte nicht. Ich hatte die Arbeit nicht richtig gemacht. Oder sie war noch nicht vorbei.

»Wir konnten sie bis hierher verfolgen«, sagte Jakob zu einem Mann im Anzug. »Sieht so aus, als wäre sie in ein Auto gestiegen und weggefahren. Gibt es Überwachungskameras auf dem Parkplatz?«

»Wir überprüfen die Videos gerade. Aber wenn sich unsere Befürchtungen bewahrheiten und er wieder zugeschlagen hat, ist das Auto gestohlen.«

»Wo würde er sie hinbringen? Wenn er es ist, wohin würde er fahren?«, fragte Jakob.

Der Mann im Anzug drehte sich um und spähte zu den Hügeln in der Ferne. »Topanga Canyon. Oder in den Will Rogers State Park.«

»Dahin fahren wir«, sagte Jakob. »Mal sehen, ob wir etwas finden.«

Jakob öffnete die Beifahrertür und winkte mich hinein. Überrascht folgte ich seiner Aufforderung. Ich durfte sonst nie vorne sitzen! Aber nicht gute Laune veranlasste ihn dazu, das merkte ich. Er war immer noch angespannt, also blieb auch ich konzentriert, während er den Motor startete. Wir fuhren an einem Kombi vorbei, in dem zwei Terrier auf dem Rücksitz herumhüpften und bellten. Vermutlich waren sie nur neidisch, weil ich vorne sitzen durfte und sie nicht. Ich ignorierte sie.

Jakob und ich fuhren vom Parkplatz, und er hielt mir den Stoffhasen vor die Nase. Gehorsam, aber auch verwirrt, schnupperte ich daran. Hatte ich das nicht schon getan? Oder hatte ich etwas falsch gemacht?

»Also, Mädchen«, sagte Jakob. »Das klingt jetzt vielleicht komisch, aber such!«

Ich wandte mich zu ihm um und starrte ihn fassungslos an. *Such? Im Auto?*

Jakob fuhr langsam. Er warf mir einen kurzen Blick zu und konzentrierte sich sofort wieder auf den Straßenverkehr. Ich musste suchen, aber wie sollte ich das anstellen? Ich konnte meine Nase ja nicht an den Boden halten, um die Spur des kleinen Mädchens aufzunehmen. Aber ich konnte …

Ich hob die Nase ans Fenster. Die Gerüche strömten so schnell herein, dass es mir schwerfiel, sie einzuordnen. »Super, Ellie!«, lobte Jakob. »Such! Such das Mädchen!«

Der Duft vom Stoffhasen hing mir immer noch in der Nase. Da brachte ein Windzug denselben Geruch von draußen herein, und auch der des Mannes fehlte nicht. Ich schaute Jakob an. »Prima, Ellie!«, sagte er und machte eine Vollbremsung. Hinter uns hupten Autos. »Hast du ihn, Mädchen?«, fragte er gespannt. Aber der Geruch war verflogen.

»Ist gut, ist gut, Ellie. Gut gemacht«, sagte Jakob und fuhr wieder an.

Jetzt wusste ich, was zu tun war; wir arbeiteten vom Auto aus. Wo mich sonst meine Beine über den Boden trugen, wenn ich eine Spur verfolgte, erledigte der Wagen das jetzt für mich. Ich hielt die Nase wieder ans Fenster. Heißer Teer, Autoabgase, eklige und angenehme Düfte von einem überfüllten Mülleimer, der fettige, salzige Geruch von Brathähnchen aus einem Restaurant, aber keine Spur von dem Kind. Ich gab alles, sortierte alles ein, was mir unterkam, nur der Geruch von dem Kuscheltier fehlte.

Es drückte mich in den Sitz, als wir eine Steigung hinauffuhren. Enttäuschung machte sich in Jakob breit, das spürte ich.

»Ich glaube, wir haben sie verloren«, murmelte er. »Nichts, Ellie?«

Ich wandte mich zu ihm um und schaute ihn an. Dann machte ich mich wieder an die Arbeit. Die Gerüche veränderten sich. Der stechend herbe Duft von Kiefern. Warme Erde. Trockenes Gras. Aber kein kleines Mädchen, nicht das eine, das ich finden musste.

»Einheit Echo-Kilo-Sechs, Ihr Standort bitte«, knisterte es aus dem Radio.

»Echo-Kilo-Sechs, wir bewegen uns auf Amalfi zu.«

»Etwas gefunden?«

»Eine Spur am Sunset Boulevard. Seitdem nichts.«

»Verstanden.«

Ich bellte.

Normalerweise bellte ich nicht, wenn ich eine Spur entdeckt hatte. Aber wir arbeiteten vom Auto aus, und Jakob machte sich solche Sorgen, hier war nichts mehr normal. Als der Geruch durch Jakobs Fenster wehte und den Innenraum des Autos füllte, konnte ich mich nicht zurückhalten. Mein Schwanz klopfte gegen den Sitz. Das war er! Ich hatte den Geruch wiedergefunden, beide Gerüche, den des Mädchens und den des Mannes!

Das Auto wurde langsamer. Ich hielt die Nase in den Luftzug, der den Geruch mit sich trug. Jakob hielt an. »Okay, welche Richtung hier, Ellie?«, wollte er wissen.

Ich kletterte über den Sitz auf seinen Schoß, und schob die Nase aus seinem Fenster. »Links auf der Capri!«, rief Jakob mit vor Aufregung schriller Stimme. Ein paar Minuten später fing das Auto an zu hüpfen. »Wir sind jetzt auf dem Waldbrandschutzstreifen!«, rief Jakob.

Ich war hellwach und konzentrierte mich auf das, was vor uns lag, während Jakob damit kämpfte, das Auto auf der schmalen Schneise zwischen den Bäumen zu halten. Er schob mich zurück auf meinen Sitz, fort von dem Geruch. Ich winselte missmutig. »Tut mir leid, Mädchen. Ich muss fahren«, murmelte Jakob. »Bleib einfach dran, bleib dran …«

Mit einem Ruck kam der Wagen zum Stehen, direkt vor einer gestreiften Schranke. »Wir brauchen hier oben die Feuerwehr«, sagte Jakob eindringlich. »Da ist eine Schranke.«

»Verstanden«, knisterte die Stimme aus dem Radio.

Schwungvoll stieß Jakob seine Tür auf, und wir beide sprangen aus dem Wagen.

Ein großes Auto parkte seitlich auf dem unebenen Feldweg, und ich rannte hin. Ich stellte die Ohren auf, meine Nase arbeitete; ich war in höchster Alarmbereitschaft. Jakob hatte seine Pistole gezogen. »Wir haben hier einen roten Toyota Camry, leer; Ellie meint, er gehört zu unserem Mann«, sagte Jakob angespannt. Dann führte er mich um das Auto herum und behielt mich fest im Blick. »Kein Anzeichen darauf, dass jemand im Kofferraum ist«, sagte er.

»Verstanden«, sagte die Radiostimme.

Der Geruch am Auto war schwächer als der im Wind. Vor uns erkannte ich zwischen den Bäumen eine Schlucht. Dorthin mussten wir gehen. Dort war das Mädchen, das wir finden mussten.

Hinter der Schranke haftete der Geruch des Mannes auf einem steilen Weg. Seiner war stärker und klebte am Staub auf dem Pfad. Ihrer war leicht und wehte im Wind. Er hatte sie getragen.

»Der Verdächtige hat den Weg zum Camp genommen«, sagte Jakob. »Er ist zu Fuß unterwegs.«

»Echo-Kilo-Sechs, warten Sie auf Verstärkung.«

Jakob schien der Stimme aus dem Walkie-Talkie keine weitere Beachtung zu schenken. »Ellie«, wandte er sich an mich und steckte die Pistole zurück in den Gürtel. »Lass uns das Mädchen finden.«

9

Jakob hatte Angst.

Ich spürte seine wachsende Furcht wie eine Aura um seinen Körper, und das machte auch mich nervös. Manchmal, wenn wir arbeiteten, sorgte er sich. Immer war er ernst gewesen. Aber noch nie hatte ich solche Angst an ihm wahrgenommen.

Ich rannte zu ihm zurück und stupste seine Hand mit der Nase an. Wenn ich ihn berühren konnte, ging es mir besser. Aber natürlich konnte ich nicht an seiner Seite bleiben. Ich musste suchen, arbeiten. Dann würde Jakobs Furcht verfliegen.

Der Geruch des Mädchens, flüchtig aber rein, trieb mich weiter den abfallenden Weg hinunter. Der Pfad machte eine Biegung, und ich verlor Jakob hinter mir aus den Augen. Vor mir lagen einige Gebäude verstreut auf der großen Wiese.

Vor einem der Gebäude führten ein paar Stufen auf eine große Veranda. Auf der Veranda hockte ein Mann und hantierte mit einem langen Metallwerkzeug an der Tür herum. Er hatte mir den Rücken zugewandt. Auf den Stufen saß ganz still ein kleines Mädchen, dicht an das Geländer gedrängt, als ob sie fröre. Aber es war nicht kalt heute. Die Sonne schien mir so heiß aufs Fell, dass ich hecheln musste.

Ich verlangsamte meinen Schritt und lief im Trab über die Wiese. Das traurige Gesicht des Mädchens hellte sich etwas auf, als sie mich entdeckte. Sie richtete sich auf und streckte mir ihre zierliche Hand entgegen.

Der Mann wirbelte herum und starrte mich an. Mir stellten sich die Nackenhaare auf, als unsere Blicke sich trafen. Ich fletschte die Zähne. Er hatte etwas Düsteres an sich, etwas Böses und Falsches. Sein Geruch stieß mich ab, und es gefiel mir ganz und gar nicht, ihn so nahe bei dem kleinen Mädchen zu sehen.

Ruckartig hob er den Kopf in Richtung des Weges, den ich gekommen war.

Ich machte kehrt und rannte zurück. »Hundi!«, rief mir das Mädchen hinterher.

Meine Pfoten gruben sich ins Erdreich, als ich zurück zu Jakob sprintete, der mir in gleichbleibendem Tempo entgegenlief. »Du hast sie«, sagte er nach einem Blick in mein Gesicht. »Gut gemacht, Ellie. Zeig's mir!«

Er rannte fast genauso schnell wie ich. In vollem Lauf stürzten wir den Weg zu den Gebäuden hinunter. Das kleine Mädchen saß immer noch da und schaute ganz verwirrt. Aber von dem Mann fehlte jede Spur.

»Echo-Kilo-Sechs, das Opfer ist in Sicherheit und unverletzt«, keuchte Jakob in sein Walkie-Talkie. »Der Verdächtige ist zu Fuß auf der Flucht.«

»Bleiben Sie bei dem Opfer, Echo-Kilo-Sechs.«

»Verstanden.«

In der Ferne hörte ich das Flap-flap-flap eines fliegenden Hubschraubers, dann Schritte, die den Weg hinter uns herabeilten. Zwei schwitzende Polizisten kamen um die Kurve.

»Wie geht es dir, Emily?«, fragte einer der beiden und rannte zu dem Mädchen. Er war darauf bedacht, sie nicht zu berühren und kniete sich vor sie hin, um auf Augenhöhe mit ihr zu sprechen. »Bist du verletzt?«

»Nein«, sagte das kleine Mädchen. Sie zupfte an ihrem Kleid mit Blumenmuster herum.

»Geht es ihr gut? Alles klar, Kleine?« Ein dritter Polizist kam jetzt angerannt, er war langsamer als die anderen. Schwer atmend stützte er sich mit den Händen auf den Knien ab. Der Mann war sehr groß, aber auch ein Schwergewicht. Ich roch Eiscreme in seinem Atem.

»Sie heißt Emily«, sagte der erste Polizist.

Jakob blieb neben mir stehen und beobachtete die Situation. Das Mädchen schaute ihn an und lächelte schüchtern. »Darf ich Ihren Hund streicheln?«, fragte sie.

Ich spürte Jakobs Erleichterung, seine Angst verrauchte im warmen Sonnenlicht. Da wusste ich, dass ich meine Arbeit richtig gemacht hatte, auch wenn es seltsam gewesen war, vom Auto aus zu suchen. Ich wedelte mit dem Schwanz.

»Ja, natürlich«, sagte Jakob mit freundlicher Stimme. »Aber wir müssen gleich wieder an die Arbeit.«

Ich stellte die Ohren auf, als ich das Wort »Arbeit« hörte. Emily tätschelte mir den Kopf und lächelte. Auch ihre Angst war verflogen. Schnell leckte ich ihre Finger ab.

Immer noch bemerkte ich Ernsthaftigkeit an Jakob, sogar als er Emily anlächelte. Es war noch nicht vorbei, das verstand ich.

»Okay, ich … begleite dich«, sagte der große Polizist. Er war immer noch außer Atem. »John, ihr bleibt … hier bei dem Mädchen. Passt auf, dass er nicht zurückkommt.«

»Wenn er in der Nähe wäre, würde Ellie es merken«, erklärte Jakob. Ich schaute zu ihm hoch. Ging es los? Ich war bereit.

»Such!«, befahl Jakob. Ich lief voraus ins Unterholz.

Das Gestrüpp war ziemlich dicht, der Boden darunter sandig und locker. Trotzdem fiel es mir nicht schwer, der Fährte zu folgen. Die Spur war frisch. Er war stetig bergab gelaufen.

Der scharfe Duft verdichtete sich bei einem Grasbüschel. Ich rannte zurück zu Jakob. »Zeig's mir!«, sagte er und rannte mir hinterher. Ich führte ihn an die Stelle und zu der Eisenstange, die dort versteckt lag. Sie war übersät mit dem unangenehmen Geruch des Mannes.

Jakob und ich mussten einige Minuten darauf warten, bis der andere Polizist aufholte. »Ich bin gestürzt«, keuchte er. Ich roch seine Scham und seinen Schweiß.

»Ellie meint, er hatte diese Brechstange dabei«, erklärte Jakob nervös. »Sieht ganz so aus, als hätte er seine Waffe weggeworfen.«

»Gut, und jetzt?«

»Such!«, gab Jakob das Kommando.

Ich flitzte los und ließ die beiden Männer weit hinter mir. Der Geruch des Mannes hing in den Büschen und wehte durch die Luft, und es dauerte nicht lange, da hörte ich ihn durchs Unterholz trampeln. Ich rannte schneller. Feuchter Wind blies mir entgegen und brachte eine noch deutlichere Duftspur mit sich.

Ich kämpfte mich durch Dornenranken auf eine kleine Lichtung. Der kleine Bach hier war für die feuchte Luft verantwortlich. An seinen Ufern erhoben Bäume ihre Kronen weit in den Himmel und sorgten für angenehmen Schatten. Er entdeckte mich und duckte sich hinter einen dieser Bäume, genauso wie Wally es immer tat. Aber Wally konnte mich nicht austricksen, und dieser Mann, der so dunkel und bitter roch, erst recht nicht.

Ich machte kehrt und rannte zu Jakob. »Zeig's mir!«, sagte er.

Ich blieb bei Jakob, der sich seinen Weg durch Geäst und Gestrüpp bahnen musste. Zusammen traten wir auf die kleine Lichtung. Der Bach plätscherte vor sich hin.

Ich wusste, wo sich der Mann versteckte; ich roch seine Angst, seinen Hass, seine Wut. Ich führte Jakob zu dem Baum.

Der Mann trat ins Sonnenlicht.

Jakob rief: »Polizei! Keine Bewegung!«

Der Mann hob die Hände, da gab es einen Knall so laut wie ein Donnerschlag.

Nur eine Pistole. Ich kannte Pistolen; Jakob hatte sie mir gezeigt. Pistolen waren in Ordnung. Lärm konnte mir nichts anhaben. Lärm konnte niemanden verletzen.

Plötzlich spürte ich einen flammenden Schmerz; es

war Jakobs Schmerz, und er fiel zu Boden. Ich roch Blut, warm und salzig, und ich hörte, wie seine Pistole scheppernd über Wurzeln und Steine davonkullerte.

Mit ausgestrecktem Arm, die Waffe auf uns gerichtet, machte der Mann noch einen Schritt nach vorne. Ich spürte die Freude des Mannes, sah sein hämisches Grinsen. Zwar wusste ich nicht wie, aber dieser Mann hatte Jakob verletzt. Er hatte diese Pistole benutzt, sie knallen lassen, und nun war Jakob am Boden.

Er lag hinter mir und rang nach Luft.

Ich knurrte nicht; ich senkte nur den Kopf und rannte los. Zweimal knallte die Pistole noch, dann hatte ich den Unterarm des Mannes im Maul. Mit einem dumpfen Geräusch fiel die Waffe zu Boden. Jetzt konnte sie nicht mehr knallen, niemanden mehr verletzen.

Der Mann schrie mich an, aber ich ließ nicht locker und schüttelte wild den Kopf, als wäre er meine Beute. Meine Zähne bohrten sich durch seine Haut und gruben sich in das Muskelfleisch seines Arms. Ein Tritt traf mich in die Rippen, aber ich hielt die Kiefer fest verschlossen.

»Lass los!«, kreischte er.

»Polizei. Keine Bewegung«, rief eine andere Stimme. Es war der große Polizist, der gerade durch einen Busch auf die Lichtung brach.

»Nehmen Sie den Hund von mir weg!«

»Ellie, ist gut. Platz, Ellie. Platz!«, befahl der Polizist. Ich ließ den Arm des Mannes los, und er fiel auf die Knie. Sein Blick traf meinen. Ich spürte seinen Schmerz, aber auch seine Gerissenheit. Auf eine seltsame Weise freute er sich, auch wenn er mit blutendem Arm auf dem Boden saß.

Ich traute ihm nicht und warnte ihn mit einem Knurren. Er glaubte, dass er ungestraft davonkäme.

»Ellie, komm«, gab der Polizist das Kommando.

Diesem Befehl hatte ich bisher immer gehorcht, seit Jakob ihn mir mit Hundekeksen in der Tasche beigebracht hatte. Ich ging rückwärts und ließ den Mann keine Sekunde aus den Augen.

»Der Hund hat mir fast den Arm ausgerissen!«, rief der Mann. Er zeigte auf etwas hinter dem Polizisten. »Hier drüben bin ich!«, rief er.

Als der Polizist herumfuhr, um zu sehen, wer da war, stürzte der Mann sich auf seine Waffe, hob sie auf und sprang auf die Beine. Ich gab ein kurzes, lautes Bellen von mir und machte mich bereit zum Angriff.

Der Mann, den ich gefunden hatte, feuerte seine Pistole ab, und der Knall schmerzte in meinen Ohren. Aber der große Polizist wirbelte schon wieder herum. Seine

Pistole knallte zweimal, und der Mann fiel um, so wie Jakob kurz zuvor.

»Dass ich darauf reingefallen bin«, murmelte der Polizist. Die Waffe hielt er immer noch auf den am Boden liegenden Mann gerichtet. Vorsichtig machte der Polizist ein paar Schritte vorwärts und trat die Pistole mit einem Fuß in ein Grasbüschel.

»Ellie? Geht es dir gut?«, fragte Jakob mit schwacher Stimme.

»Sie ist okay, Jakob. Wo wurdest du getroffen?«

»Bauch.«

Dem gesuchten Mann hatte ich bereits den Rücken zugedreht. Er stellte keine Gefahr mehr dar, das spürte ich. Und Jakob brauchte mich. Ich rannte an seine Seite, achtete aber darauf, etwas Abstand zu halten, als ich mich neben ihn legte. Vorsichtig kroch ich auf ihn zu und stupste mit der Nase seine Hand an. Irgendwie wusste ich, dass ich ihn nur ganz sachte berühren durfte.

Jakobs Hand hob sich nicht, um mir die Ohren zu kraulen, wie sie es sonst immer tat. Ich leckte sie ab und winselte. Ich spürte, wie sich der Schmerz in seinem Inneren durch seinen ganzen Körper arbeitete. Der Geruch nach Blut war so stark, dass er alle anderen Düfte überlagerte.

»Beamter am Boden, Verdächtiger am Boden. Wir sind …« Der Polizist blickte nach oben. »Wir sind unter einer Baumgruppe in der Schlucht. Wir brauchen einen Rettungshubschrauber für den Beamten.«

»Wer ist der Polizist?«, fragte die Stimme aus dem Walkie-Talkie.

»Echo-Kilo-Sechs. Wir brauchen Hilfe. *Sofort.*«

Ich wusste nicht, was ich tun sollte. Vorher hatte Jakob Angst gehabt, aber jetzt wirkte er ganz ruhig. Ich dagegen nicht. Das Atmen fiel mir schwer, und ich zitterte vor Sorge. Die Arbeit war aber erledigt, das Mädchen gefunden und in Sicherheit. Auch den Mann hatte ich gefunden. Das war doch richtig, oder nicht? Das war doch meine Aufgabe?

Aber der Mann hatte Jakob verletzt. Das hätte nicht passieren dürfen. Menschen finden, hieß, sie zu retten. Jetzt musste Jakob gerettet werden. Aber ich wusste nicht wie. Ich war hier, direkt neben ihm. Doch das reichte nicht. Das war es nicht, was er brauchte.

Der große Polizist kniete sich neben Jakob. »Sie sind unterwegs, Kumpel. Jetzt musst du nur noch durchhalten.«

Ich hörte die Sorge in seiner Stimme. Behutsam öffnete er Jakobs Hemd, um einen Blick auf die Wunde zu werfen. Der Schock, der ihn durchfuhr, ließ mich aufjaulen.

Bald hörte ich trampelnde Schritte im Unterholz und entdeckte mehrere Leute, die auf uns zurannten. Sie knieten sich neben Jakob, schoben mich beiseite und machten sich an ihm zu schaffen. Ich roch scharfe Chemikalien und sah, wie sie Tücher auf die blutende Wunde pressten.

»Wie geht es Emily?«, fragte Jakob mit schwacher Stimme.

»Wem?«

»Dem kleinen Mädchen«, erklärte der große Polizist. »Es geht ihr gut, Jakob. Du hast sie gefunden. Und gerettet. Alles ist gut.«

Es kamen noch mehr Leute angerannt, sie hoben Jakob auf ein seltsames, flaches Bett und trugen ihn den Hang hinauf. Ich rannte neben ihm her. Vor uns hörte ich schon das vertraute Geräusch eines startenden Hubschraubers.

Der Polizist, der schon die ganze Zeit bei uns war, hielt mich am Halsband, während die Leute Jakob in den Hubschrauber verfrachteten. Die Propeller drehten sich schneller und schneller und wirbelten Erde und Laub auf, als der Hubschrauber sich langsam in die Luft erhob.

Ich riss mich los und rannte dem Hubschrauber bellend hinterher. Ich bäumte mich auf und drehte mich im

Kreis, tanzte auf den Hinterbeinen und bellte verzweifelt. Ich war ein Helikopter-Hund! Warum durfte ich nicht mitfliegen? Ich musste bei Jakob sein!

Aber der Hubschrauber kam nicht zurück. Amy tauchte wenig später auf. Eine Weile redete sie mit dem großen Polizisten, dann legte sie mir eine Leine an und nahm mich mit auf eine Autofahrt. Die Box in ihrem Wagen roch nach Cammie.

Amy brachte mich zu dem Zwinger an der Polizeiwache. Als sie mich hineinschickte, rief sie Cammie zu sich. Gypsy war nicht da.

Amy legte Cammie die Leine an und kraulte ihm die Ohren, bevor sie das Tor hinter sich schloss und mich allein zurückließ.

»Jemand wird nach dir sehen, bis wir ein Herrchen für dich finden, Ellie. Du bist ein guter Hund. Guter Hund«, sagte Amy.

OLICE

10

Ich rollte mich auf meinem Bett im Zwinger zusammen, und mir schwirrte der Kopf vor Angst und Verwirrung. Wie ein guter Hund fühlte ich mich nicht.

Ich hatte meine Arbeit erledigt. Aber jetzt war Jakob fort, und ich schlief die ganze Nacht allein im Zwinger anstatt neben Jakobs großem Bett. Mir kam es wie eine Strafe vor. Aber wofür?

Weil ich den Mann mit der Pistole gebissen hatte? Man biss die Menschen nicht, die man fand, das war mir klar. Und jetzt war Jakob verletzt. Die Erinnerung an seinen Schmerz, an den Geruch seines Blutes ließ mich winseln.

Ich erinnerte mich daran, wie Jakob mich als Welpe in der Wohnung gelassen hatte. Ich hatte mir Sorgen gemacht, jedes Mal, aber immer war Jakob zurückgekehrt. Dieser Gedanke beruhigte mich. Jakob würde wiederkommen. Ich musste nur abwarten.

Doch die nächsten Tage brachten nur noch mehr Verwirrung mit sich. Ich wohnte im Zwinger. Ein paarmal am Tag kam einer der Polizisten und ließ mich auf den Hof, aber Arbeit hatten sie nie für mich. Meistens schickten sie mich schnell zurück in das Gehege und eilten davon.

Amy sprach und spielte ein bisschen mit mir, aber sie und Cammie waren viel unterwegs. Manchmal wollte Gypsy Ich-habe-den-Ball-und-du-nicht spielen, aber mir war nicht danach. Meistens saß ich am Tor und wartete.

Langsam verblasste Jakobs Geruch auf dem Hof. Selbst wenn ich mich konzentrierte, konnte ich ihn nicht mehr orten. Sollte ich ihn suchen, wäre ich dazu nicht in der Lage. Als mir dieser Gedanke kam, musste ich vor Angst bellen, bis Amy kam, mich herausließ, mich streichelte und mit mir sprach.

Was sie sagte, verstand ich nicht, aber es tröstete mich etwas. An diesem Tag spielte ich mit Gypsy und schaffte es, ihr zweimal den Ball abzujagen.

Ein paar Tage später setzte sich Amy mit ihrem Mittagessen an einen Tisch im Hof. Cammie war bei mir im Zwinger, aber er schlief die ganze Zeit. Für ein Spiel konnte ich ihn nicht begeistern, nicht einmal, als ich ihm einen Gummiknochen zeigte, den mir ein Polizist geschenkt hatte.

Was Cammies Arbeit war, wusste ich nicht. Wofür brauchte man einen schlafenden Hund?

Aber Cammie interessierte sich für Amys Essen. Sie ließ uns beide auf den Hof, und er lief an ihren Tisch und setzte sich schwerfällig neben sie. Er seufzte, als hätte er viele ernste Probleme, die nur mit einem Bissen von ihrer Schinkensemmel gelöst werden konnten.

Eine Frau kam heraus und setzte sich Amy gegenüber an den Tisch.

»Hi, Maya«, sagte Amy.

Maya hatte dunkle Haare und dunkle Augen, und sie war groß für eine Frau. Ihre Arme wirkten stark. Ihre Hose roch schwach nach Katze. Sie öffnete eine Box, nahm eine Gabel heraus und machte sich über ihr scharfes Essen her. »Hi, Amy«, sagte sie. »Hallo, Ellie.«

Cammie begrüßte Maya nicht. Das gefiel mir. Sie gefiel mir. Amy mochte ich auch, aber Amy gehörte zu Cammie. Sie war nicht mein Mensch, so wie Jakob es gewesen war.

Wann kam Jakob zurück? Er war schon so lange fort. Aber Maya war hier. Und sie roch gut. Genau wie ihr Essen. Ich rückte näher an sie heran. Sie streichelte mich und fuhr mit ihren Fingern durch mein Fell. Ich erhaschte den Duft von Seife und würzigen Tomaten auf ihrer Haut.

»Hast du deinen Papierkram erledigt?«, fragte Amy.

»Ja. Drück mir die Daumen«, erwiderte Maya.

Ich legte mich hin und knabberte an meinem Gummiknochen. Vielleicht bemerkte Maya ja, wie viel Spaß ich hatte und versuchte, meine Aufmerksamkeit zurückzugewinnen, indem sie mir etwas von ihrem Essen anbot.

»Die arme Ellie. Sie muss ganz durcheinander sein«, sagte Amy.

Ich schaute auf. *Essen?*

»Bist du sicher, dass du das machen willst?«, fragte Amy.

Maya seufzte, und ich spürte ihre Anspannung. »Ich weiß, es ist harte Arbeit. Aber was ist das nicht? Der Alltagstrott macht mir zu schaffen; jeder Tag ist gleich. Ich würde gerne etwas Neues ausprobieren, ein paar Jahre lang etwas anderes machen. Hey, willst du einen Taco? Hat meine Mom gemacht. Die sind wirklich gut.«

»Nein, danke.«

Ich setzte mich auf. *Taco?* Ich wollte einen Taco!

Maya packte ihr restliches Essen ein, als wäre ich gar nicht da. »Ihr von der Hundestaffel seid alle so gut in Form. Mir fällt es schwer, Gewicht zu verlieren … Glaubst du, ich packe das?«

»Was? Nein, du bist doch in Ordnung! Du hast doch den Fitnesstest bestanden?«

»Natürlich«, sagte Maya.

»Na, da haben wir es doch.« Amy packte ihren Müll in eine kleine Papiertüte. »Also, falls du mit mir laufen willst, normalerweise gehe ich nach der Arbeit joggen. Aber bestimmt schlägst du dich super.«

Ich spürte, wie Maya sich beruhigte, wenigstens ein bisschen, als hätte sie genau das hören wollen. »Das hoffe ich natürlich«, sagte sie. »Ich will Ellie auf keinen Fall hängenlassen.«

Ich befand, dass aus diesem Gespräch, ganz egal wie oft sie meinen Namen sagten, nichts Fressbares für mich heraussprang. Mit einem Seufzen legte ich mich in die Sonne und fragte mich, wie lange es noch dauern würde, bis Jakob zurückkehrte, und wir wieder an die Arbeit gingen.

Von da an kam Maya öfter in den Hof, um zu essen. Dann eines Tages trat sie ganz ohne Mahlzeit an unseren Zwinger. Sie war fröhlich und aufgedreht, und sie lächelte. Sie legte mir die Leine an, und wir machten eine Autofahrt.

»Wir arbeiten ab jetzt zusammen, Ellie. Ist das nicht

toll? Du musst nicht mehr im Zwinger schlafen. Ich hab dir ein Bett gekauft; du schläfst bei mir im Zimmer.«

Ein paar Worte verstand ich: »Ellie«, »Zwinger«, »Bett«. Und natürlich »Arbeit«. Aber das ergab alles keinen Sinn. Wir fuhren nicht arbeiten; das erkannte ich an Mayas Stimme und der fehlenden Körperspannung. Warum also sprach sie davon?

Besonders viel machte mir das aber nicht aus. Ich freute mich, etwas anderes zu sehen, nach all den Tagen am selben Ort. Außerdem durfte ich auf der Rückbank in Mayas Auto sitzen. Ich streckte die Nase aus dem Fenster und sog glückselig all die Düfte ein, die so gar nicht nach Zwinger rochen.

Maya parkte in der Einfahrt vor einem kleinen Haus. Kaum hatte sie die Tür geöffnet, da wusste ich schon, dass es ihr gehörte. Ihr Geruch war überall. Daneben gab es noch den Mief von Katzen. Das war eine Enttäuschung.

Sorgfältig inspizierte ich jede Ecke im Haus. Auf einem Stuhl am Esstisch saß eine Katze mit hellem Fell. Misstrauisch und mit kaltem Blick taxierte sie mich. Als ich schwanzwedelnd auf sie zulief, riss sie das Maul auf, um mir ihre Zähne zu zeigen, und gab ein fast lautloses Fauchen von sich.

»Stella, sei brav. Das ist Stella. Stella, das ist Ellie. Sie wohnt ab jetzt hier.«

Stella gähnte und verrenkte sich, um ihren Rücken abzulecken, als wäre ich ihrer Beachtung nicht wert. Ich hätte ihr die eine oder andere Lektion erteilt, hätte nicht ein grau-weißer Schatten in meinem Augenwinkel meine Aufmerksamkeit auf sich gezogen.

»Tinker? Das ist Tinkerbell. Sie ist schüchtern.«

Noch eine Katze? Ich folgte Maya ins Schlafzimmer. Da kam eine dritte Katze, besser gesagt ein großer, schwarzer Kater, unter dem Bett hervor und schnupperte an mir. Ich roch seinen fischigen Atem.

»Und das ist Emmet«, erklärte mir Maya.

Stella, Tinkerbell und Emmet. Warum um alles in der Welt hielt sich eine Frau drei Katzen?

Tinkerbell versteckte sich den ganzen Abend unter dem Bett. Sie glaubte wohl, ich könnte sie nicht riechen. Als Maya mir Futter gab, kam Emmet in die Küche und steckte die Nase in meinen Napf. Dann hob er den Kopf und stolzierte hinaus, als ob es ihn nicht kümmern würde, dass ich fraß und er nicht. Ich achtete darauf, den Napf schön sauberzulecken. Keine Katze bekam etwas von meinem Futter ab. Stella blieb auf dem Stuhl sitzen und beobachtete mich, ohne ein einziges Mal zu blinzeln.

Nach dem Abendessen ließ Maya mich in ihren winzigen Garten. »Feines Mädchen, Ellie!«, sagte sie, als ich tat, was getan werden musste. Manche Menschen wurden ganz aufgeregt, wenn ein Hund in ihren Garten pinkelte; und Maya war anscheinend eine davon.

Maya bereitete sich ihr eigenes Essen zu, das ziemlich toll roch. Stella teilte diese Meinung ganz offensichtlich, denn sie hüpfte auf den Tisch und spazierte darauf herum wie eine richtig böse Katze! Ich konnte es gar nicht fassen, was für schlechte Manieren da zutage traten. Maya schimpfte noch nicht einmal. Vermutlich wusste sie, dass Katzen der Mühe nicht wert waren. Nach diesem Nachmittag mit den dreien teilte ich ihre Ansicht vollkommen.

Nach dem Abendessen machten wir einen Spaziergang an der Leine. In den Gärten waren jede Menge Menschen, Erwachsene und Kinder aller Altersstufen. Die unterschiedlichen Gerüche machten mich ganz unruhig. Schon so lange hatte ich nicht mehr gearbeitet, und ich wurde ungeduldig. Ich wollte rennen, suchen, Menschen retten. Ohne es zu wollen, zog ich an der Leine.

Maya schien zu verstehen. »Willst du etwas laufen, Mädchen?«, fragte sie und verfiel neben mir in einen Trab.

Ich nahm Geschwindigkeit auf und lief, so wie Jakob es mir beigebracht hatte, direkt an Mayas Seite. Bald schon atmete sie schwer, und ich roch, dass sie ins Schwitzen kam. In den Häusern, die wir hinter uns ließen, bellten Hunde, neidisch, weil wir rannten, und sie nicht.

Doch dann, ganz plötzlich, blieb Maya stehen. »Puh!«, keuchte sie. »Okay, wir müssen mehr Zeit auf dem Laufband verbringen, das ist mal sicher.«

Ich war enttäuscht. Kein Laufen mehr? Trotzdem machte ich gehorsam kehrt, als Maya an der Leine zupfte und wir – langsam gehend – den Heimweg antraten.

Es schien, dass Mayas Haus nun tatsächlich mein Zuhause war.

An diesem Abend begriff ich es. Ich machte es mir auf dem Wohnzimmerteppich bequem, während Maya ein Bad nahm und sich bequemere Kleidung überzog. Dann rief sie mich ins Schlafzimmer. »Okay, leg dich hier hin, Ellie. Feines Mädchen«, sagte sie und klopfte auf ein Hundebett.

Hundebetten kannte ich. Sofort rollte ich mich darauf zusammen, und Maya lobte mich, bevor sie sich in ihr eigenes großes Bett legte. Aber das alles blieb mir ein Rätsel. Sollte ich länger hier bleiben?

Ich erinnerte mich daran, wie ich im Keller mit meiner Mutter und meinen Wurfgeschwistern und dann bei Jakob gelebt hatte. Würde sich mein Leben ein weiteres Mal ändern? Wohnte ich jetzt hier?

Aber was war mit Jakob? Kam er dieses Mal nicht zurück? Ich hatte so geduldig gewartet. Er war immer zurückgekommen. Aber jetzt – war es jetzt anders?

Und meine Arbeit? Wie sollte ich ohne Jakob arbeiten?

Wenigstens das fand ich am nächsten Morgen heraus.

Maya setzte mich ins Auto und fuhr mit mir zu dem Park, den ich so oft mit Jakob besucht hatte. Wally wartete hier auf uns und begrüßte mich wie eine alte Freundin. Belinda war auch da. Sie lächelte und kraulte mir die Ohren auf genau die richtige Art und Weise. Dann winkte sie uns und lief in den Wald. Wally blieb noch und unterhielt sich mit Maya.

Viele der Worte, die er benutzte, kannte ich: »Komm« und »Such« und »Zeig's mir«. Aber er sagte sie nicht zu mir, also gab es für mich vorerst nichts zu tun. Ich legte mich hin, bettete meinen Kopf auf die Pfoten und seufzte ungeduldig. Kam ich denn gar nicht mehr zum Arbeiten?

Dann sagte Maya etwas Aufregendes: »Ellie, such!«

Ich sprang auf. *Ja! Arbeit! Endlich!*

Eilig beschnupperte ich die Wiese und fand eine Spur; Belindas Spur. Sie roch nach Kaffee und herbem Parfüm und nach einem süßen Donut, den sie gegessen hatte. Ich folgte der Spur in vollem Lauf, einfach weil es Spaß machte. Wally und Maya rannten mir hinterher.

Belinda saß in einem Auto. Falls sie geglaubt hatte, mich so austricksen zu können, lag sie aber gewaltig daneben! Ich lief zurück zu Maya.

»Siehst du? Siehst du, wie sie schaut?«, fragte Wally. »Sie hat Belinda gefunden. Das erkennst du an ihrem Gesichtsausdruck.«

Ich wartete darauf, dass Maya mir den Befehl gab zu zeigen, aber sie und Wally waren mit Reden beschäftigt. Vor Aufregung wollte ich bellen, aber ich hielt mich zurück. Aber es fiel mir schwer abzuwarten. Es war so lange her, dass ich jemanden gefunden hatte. Ich wollte die Aufgabe zu Ende bringen!

»Ich bin nicht sicher«, sagte Maya. »Sie sieht nicht anders aus als sonst.«

»Schau ihr in die Augen, schau, wie sie das Maul zusammenpresst«, erklärte Wally Maya. »Sie hechelt nicht. Siehst du? Sie ist in Alarmbereitschaft; sie will uns etwas zeigen.«

Als er »zeigen« sagte, machte ich einen Satz nach vorne,

blieb aber sofort wieder stehen. Das war kein richtiges Kommando gewesen. Aber warum nicht? Warum ging es nicht weiter?

»Jetzt sage ich ihr, dass sie zeigen soll?«, frage Maya.

Ich winselte. *Hört auf, mich zu ärgern! Arbeiten wir jetzt oder nicht?*

»Zeig!«, rief Maya zu guter Letzt.

Ja! Endlich! Ich preschte durch den Park, und Maya eilte hinter mir her. Als wir sie gefunden hatten, stieg Belinda lachend aus dem Auto. »So ein feiner Hund, Ellie«, sagte sie zu mir.

»Jetzt musst du mit Ellie spielen«, erklärte Wally Maya. »Das ist wichtig, ihre Belohnung für die harte Arbeit.«

Maya zog etwas aus ihrer Tasche – den Gummiknochen aus dem Zwinger. Ich sprang vor, um ihn mir zu schnappen. Lachend zog sie an dem Knochen, aber ich ließ nicht locker und zerrte sie in Kreisen über den Rasen.

Das Spiel fühlte sich anders an als früher mit Jakob. Er hatte es getan, weil es dazugehörte, es war Teil des Programms. Maya lächelte noch, als ich ihr den Knochen aus der Hand riss, und sie beinahe umgefallen wäre. »Bist du stark, Ellie!«, keuchte sie und lachte noch mehr. »Feines Mädchen, Ellie!« Sie streichelte mich und kraulte mir den

Nacken, dann spielten wir noch einmal Tauziehen mit dem Knochen, bevor die Pflicht wieder rief.

Mit Maya zu arbeiten war anders. Aber es war immer noch Arbeit, und das war am wichtigsten.

11

Nicht nur die Art der Arbeit veränderte sich bei Maya. Fast alles bei ihr unterschied sich von meinem früheren Leben mit Jakob.

Zum einen waren da die ganzen Katzen. Zum anderen kannte sie viel mehr Leute als Jakob. Die meisten Abende verbrachten wir in einem größeren Haus, wo es jede Menge Menschen und eine wunderbar duftende Frau namens Mama gab. Mama kochte die ganze Zeit, deshalb roch sie auch so gut. Und jedes Mal, wenn Maya und ich zu Besuch kamen, rannten dort viele Kinder herum und spielten miteinander.

Die älteren Kinder riefen: »Ellie! Ellie ist da!«, und vergaßen fast, Maya zu begrüßen. Die Jungs warfen mir einen Ball, den ich geduldig immer wieder zurückbrachte. Die Mädchen setzten mir Hüte auf und lachten dabei so sehr, dass sie sich aneinander festhalten mussten, um nicht umzukippen. Und die ganz Kleinen kletterten auf mich drauf und versuchten, mir in die Augen zu pieksen.

Das machte mir allerdings nichts aus. Ich erinnerte mich daran, wie meine Geschwister und ich früher mit Bernie gespielt hatten. Diese kleinen Kinder waren wie Welpen. Sie wussten noch nicht, wie man richtig spielt, und man musste nur gelassen abwarten, bis sie es lernten.

Wenn ich es satt hatte, dass mir am Fell gezogen wurde, schüttelte ich die Kinder vorsichtig ab und ging, um mich unter den Küchentisch zu setzen. Da wartete schon Mama auf mich. Sie rührte in Schüsseln und probierte Speisen in Töpfen, und fast immer fand ich etwas Leckeres, das ich vom Boden lecken konnte. Ich liebte diese Küche.

Zu Hause hatte Maya einen Nachbarn namens Al, der gerne mal vorbeischaute, um zu reden. Ein Wort sagte er so oft, dass ich es schon bald wiedererkannte. Dieses Wort war »helfen«.

»Kann ich dir beim Tragen helfen, Maya?«, fragte er. »Kann ich dir helfen, die Tür zu reparieren?«

»Nein, nein«, antwortete Maya immer.

»Hast du jetzt einen Hund?«, fragte Al eines Tages, kurz nachdem ich bei Maya eingezogen war. Er beugte sich vor, um mich hinter den Ohren zu kraulen. Das machte er so gut, dass ich ihn sofort ins Herz schloss. Nicht jeder krault richtig, gerade fest genug und genau an der richtigen Stelle. Al schon. Genießend lehnte ich mich an ihn, damit er nicht aufhörte. Er roch nach Papier und Tinte, nach Kaffee und Nervosität.

»Ja«, sagte Maya. Sie sprach hastiger als normalerweise. »Sie ist ein Such- und Rettungshund bei der Polizei.« Mayas Haut wurde ganz warm und ihre Hände schwitzten. Das passierte immer, wenn Al vorbeikam und »helfen« sagte. Angst spürte ich allerdings nicht. Trotzdem war es komisch. Aber solange Al mir die Ohren kraulte, nahm ich das nicht allzu ernst.

»Kann ich dir helfen, den Hund zu erziehen?«, fragte Al.

Ich bemerkte, dass sie über mich sprachen, und wedelte mit dem Schwanz.

»Nein, nein«, antwortete Maya. »Ellie ist schon erzogen. Wir müssen nur noch lernen, als Team zusammenzuarbeiten.«

Ich wedelte noch fester mit dem Schwanz, als ich die Worte »Ellie« und »arbeiten« vernahm.

Al hob den Kopf und hörte auf, mich zu streicheln. »Maya, du …«, begann er.

»Ich muss los«, murmelte Maya.

»Dein Haar sieht heute sehr schön aus«, platzte es aus ihm heraus.

Die beiden schauten sich so ängstlich an, dass ich schon

glaubte, jeden Moment könnte irgendetwas Schlimmes passieren. Ich blickte mich um, nur um sicherzugehen, dass uns niemand angriff. Aber das Bedrohlichste, was ich entdecken konnte, war Emmet, der uns durch das Fenster beobachtete. Wahrscheinlich war er neidisch, weil wir draußen waren, und er nicht.

»Danke, Al«, sagte Maya. »Willst du vielleicht …?«

»Na dann«, sagte Al.

»Oh.«

»Es sei denn …«

»Es sei denn …?«

»Du … Ich kann helfen?«

»Nein, nein«, sagte Maya.

Al nickte und ging. Ich spürte, dass Maya jetzt traurig war und rückte näher an sie heran, damit sie mir auch die Ohren kraulen konnte.

Fast jeden Tag gingen Maya und ich jetzt arbeiten im Park. Manchmal fanden wir Wally, manchmal Belinda. Und hin und wieder kamen auch die älteren Kinder aus Mamas Haus. Sie freuten sich immer riesig, wenn ich sie entdeckte. Sie lobten mich ohne Ende und spielten so lange Stöckchenzerren, bis Maya ihnen lachend Einhalt gebot, weil wir noch Arbeit zu erledigen hatten.

Aber Maya war viel langsamer als Jakob, und schon wenn wir anfingen zu rennen, keuchte und schwitzte sie. Ich lernte, nicht ungeduldig zu werden, wenn ich zu ihr zurücklief und sie die Hände auf den Knien abstützte und nach Luft japste. Einmal, nachdem ich Wally gefunden hatte und Maya zeigen wollte, wo er steckte, weinte sie. Überwältigt von Frustration und Hilflosigkeit konnte sie die Tränen nicht mehr zurückhalten.

Ich schaute sie an und wartete darauf, dass sie sich beruhigte. Dass sie traurig war, verstand ich, aber jetzt konnte ich sie nicht trösten. Wir mussten arbeiten. Das wusste auch sie. Schnell wischte sie sich die Tränen ab.

»Okay, Ellie. Zeig's mir!«

Ich führte sie zu Wally, der auf einem Stein am Flussufer saß. Zusammen gingen wir an einen Picknicktisch, Wally holte ein paar kühle, feuchte Flaschen aus einer Plastikbox. Eine reichte er Maya. Sie stellte mir einen Napf in die Wiese und füllte ihn mit Wasser aus der Flasche. Als ich ihn leer geschlabbert hatte, legte ich mich in den Schatten unter dem Tisch.

Ich spürte Mayas Sorge und legte den Kopf auf ihre Füße.

»Wir sind nicht gut genug, um die Prüfung zu bestehen, oder?«, fragte Maya. Ich hörte, wie sie sich mit den Ellbogen auf dem Tisch abstützte und seufzte.

»Ellie ist der beste Suchhund, den ich kenne«, meinte Wally vorsichtig. Er klang nervös.

»Nein, ich weiß, dass es an mir liegt. Ich war schon immer übergewichtig.«

»Was? Nein, ich meine …« Plötzlich hatte Wally Angst. Verwundert setzte ich mich auf. Wo lauerte jetzt schon wieder Gefahr?

»Ist schon gut. Ich habe etwas abgenommen. Zwei Kilo.«

»Wirklich? Das ist ja toll! Ich meine, du bist nicht dick oder irgendetwas«, stammelte Wally. Ich merkte, dass ihm der Schweiß auf die Stirn trat. »Also, ich weiß nicht, vielleicht könnte es helfen, wenn du Laufen gehst oder so?«

»Ich gehe schon Laufen!«

»Natürlich! Ja!« Wally war so aufgeregt, dass ich winseln musste. »Also, dann, ich muss langsam los.«

»Ich weiß nicht«, fuhr Maya traurig fort. »Mir war gar nicht klar, dass man so viel rennen muss. Es ist viel schwieriger, als ich gedacht habe. Vielleicht sollte ich aufgeben. Dann kann jemand übernehmen, der besser in Form ist.«

»Hey, warum sprichst du nicht mit Belinda darüber?«, fragte Wally mit Verzweiflung in der Stimme.

Maya seufzte, und Wally stand deutlich erleichtert auf und verließ uns. Ich legte mich wieder neben Maya. Welche schreckliche Gefahr uns auch gedroht haben mochte, sie war vorüber.

Am nächsten Tag gingen Maya und ich nicht arbeiten. Sie schlüpfte in ein Paar neue, weiche Schuhe, schnappte sich meine Leine und nahm mich mit an einen langen Weg am Strand neben diesem riesigen See, den die Menschen Meer nannten, wo ich das kleine Mädchen namens Charlotte gefunden hatte. Überall waren Hunde, aber auch ohne ein Kommando spürte ich, dass wir eine neue Arbeit angingen. Also ignorierte ich meine bellenden und herumwuselnden Artgenossen. Maya und ich rannten den Weg hinunter, weiter, als wir je gerannt waren. Ich spürte eine neue Entschlossenheit in ihr. Sie lief immer weiter, während die Sonne stetig höher stieg, und ich trabte neben ihr her.

So lange waren wir noch nie zusammen gelaufen. Es ging weiter und weiter, bis Mayas Körper nur noch aus Schmerz und Erschöpfung zu bestehen schien. Dann erst machte sie kehrt.

Den Rückweg ging sie mit gleicher Entschlossenheit

an. Ein paarmal machten wir Pause, und Maya ließ mich aus Wasserhähnen trinken, die in die Wände von unangenehm riechenden Gebäuden eingelassen waren. Dann lief Maya weiter. Jedes Mal ein bisschen langsamer, aber sie gab nicht auf.

Endlich kam der Parkplatz in Sicht und Maya hörte auf zu rennen. »O Gott«, flüsterte sie.

Als wir am Auto ankamen, humpelte sie.

Wir beide atmeten schwer. Maya setzte sich hinten auf das Auto und trank eine halbe Flasche Wasser, dann beugte sie sich vor und ließ den Kopf zwischen den Beinen baumeln. Und erbrach das Wasser, das sie eben erst getrunken hatte.

Ich lief zu ihr und legte meinen Kopf auf Mayas Knie, traurig, weil sie solche Schmerzen hatte. Sie war so müde, dass sie nicht einmal mehr die Hand heben konnte, um mich zu streicheln.

»Alles in Ordnung?«, fragte eine junge Frau, die gerade vorbeikam. Sie schwitzte vom Rennen, war aber nicht außer Atem. Maya nickte, ohne aufzublicken.

Am nächsten Tag gingen wir wieder in den Park. Maya stöhnte, als sie aus dem Auto stieg und zum Picknicktisch lief. Ich setzte mich zu ihren Füßen und wartete gespannt auf das Kommando.

Maya seufzte. »Such, Ellie«, sagte sie mit leiser und trauriger Stimme.

Ich schoss vorwärts und schnüffelte eifrig den Boden ab. Wally roch ich nirgendwo, aber Belindas Fährte spürte ich mit Leichtigkeit auf. Vor nicht allzu langer Zeit war sie hier vorbeigekommen. Es würde nicht schwer sein, sie zu finden.

Ich hörte Maya ächzen und hielt inne, um zurückzuschauen. Maya lief, als würde ihr jeder Schritt Schmerzen bereiten. Und sie war so langsam! Ich rannte weiter und folgte Belindas Spur in ein Waldstück. Sie hatte sich zwischen zwei Büschen hindurchgezwängt und ihren Geruch überall auf den Blättern hinterlassen. Aber nach wenigen Metern blieb ich stehen. Ich kroch zurück durch die Büsche und rannte zu Maya.

Überrascht schaute sie mich an. »Ellie? Hast du ein Problem, Mädchen? Such!«

Nein, ich war nicht die mit dem Problem. Entschlossen humpelte Maya hinter mir her, aber schnell war sie nicht, außerdem erkannte ich an ihrem Gang, wie sehr ihre Muskeln wehtaten. Ich wollte nicht zu weit vorauslaufen. Womöglich würde sie dann nicht mehr aufholen, und wie sollte ich ihr dann Belinda zeigen?

Ich trabte die Spur entlang. Es fiel mir schwer, das

Tempo zu drosseln. Die Fährte war frisch, und am liebsten wäre ich einfach losgestürmt, um Belinda so schnell wie möglich zu finden. Aber ich ließ es ruhig angehen, damit Maya nicht den Anschluss verlor. Ich hörte, wie sie sich hinter mir durch die Büsche kämpfte, und war sofort an ihrer Seite. Ich schaute sie an und wandte mich dann wieder der Spur auf dem Boden zu.

Belinda war in einen kleinen Bach gestiegen und ein Stück weit durchs Wasser gewatet, aber ich fand ihre Spur ohne Probleme am anderen Ufer. Maya stapfte mit grimmiger Miene durch den Bach hinter mir. Ich schoss eine kleine Anhöhe hinauf und wartete oben, um sicherzugehen, dass Maya hinterherkam. Sie wirkte entschlossen, also lief ich voraus durch eine hohe Wiese. Mit jedem Schritt wurde Belindas Geruch stärker.

Ich ließ die Wiese hinter mir, und da lag sie ausgestreckt unter einem Baum. Den Kopf hatte sie gegen den Stamm gelehnt. Ihre Augen waren geschlossen.

Ich rannte zurück zu Maya. Sie quälte sich noch immer langsam den Hügel hinauf. »Oh, Ellie, gut«, keuchte sie, als sie mich sah. »Zeig's mir!«

Ich machte wieder kehrt, blieb aber wenige Meter vor Maya und schaute oft zurück, um sicherzugehen, dass sie noch da war. Wir bahnten uns den Weg durch die hohe Wiese und fanden Belinda schlafend unter dem Baum.

Maya holte ein paarmal tief Luft. »Gut gemacht, du bist so ein guter Hund, Ellie«, flüsterte sie und schniefte laut. Dann räusperte sie sich. Belinda schreckte auf. Sie warf einen Blick auf ihr Handgelenk und blinzelte überrascht.

»Ich hatte nur … einen schlechten Tag«, erklärte Maya. Belinda nickte, lächelte und kam auf die Beine.

An diesem Abend nahm Maya ein Bad, während ich im Wohnzimmer blieb. Tinkerbell versteckte sich wie üblich vor der Welt. Stella war im Schlafzimmer und probierte mein Bett aus; so wie es roch, hatte sie schon darin geschlafen, als Maya und ich bei der Arbeit waren.

»Ellie!«, rief Maya. »Ellie, komm!«

Nur ihr Kopf ragte aus dem Wasser in der Badewanne. Neugierig schnupperte ich an dem warmen Schaum, dann probierte ich das Wasser, aber es schmeckte grauenvoll. Ich schüttelte den Kopf, um den Geschmack im Mund loszuwerden.

Emmet saß auf dem Badvorleger, putzte sich und wartete darauf, dass irgendetwas passierte, das er dann ignorieren konnte.

Maya streckte eine nasse Hand aus und streichelte mir

den Kopf. »Es tut mir leid, Ellie«, sagte sie leise. Ihre Stimme klang traurig. »Ich bin einfach nicht gut genug. Im Einsatz kann ich nicht mit dir mithalten. Du bist so ein guter Hund. Du brauchst jemanden, der mit dir umgehen kann.«

Ich wedelte mit dem Schwanz, als ich hörte, dass ich ein guter Hund war. Aber normalerweise freuten sich die Menschen, wenn sie das sagten. Maya hingegen war immer noch traurig. So allein im Wasser wirkte sie einsam. Vielleicht gefiel es ihr, wenn ich zu ihr in die Wanne kam?

Ich legte die Vorderpfoten auf die Kante. Maya lag schon auf dem Boden, also konnte sie nicht untergehen. Von daher schien es mir, als könnte das viel mehr Spaß machen, als hinter Jakob in den Brunnen zu springen oder sogar durchs Meer zu planschen. Emmet hörte auf, sich zu putzen, und schaute mir ohne jeden Respekt in die Augen. Ich bin nicht sicher, ob er je verstanden hat, dass ich ihn in zwei Happen verschlingen konnte, wenn ich wollte. Nur weil ich darauf keine Lust hatte, brauchte er noch lange nicht anmaßend werden.

Mit hocherhobenem Schwanz stolzierte er aus dem Zimmer, gerade so, als wollte er mich dazu herausfordern, endlich etwas gegen die vielen Katzen im Haus zu unternehmen.

»Morgen habe ich eine Überraschung für dich, Ellie«, sagte Maya.

Also gut. Ich war schon so weit gegangen …

Ich hievte die Hinterbeine hoch und platschte in die Wanne auf Maya drauf und versank komplett im Schaum. Warmes Wasser schwappte über den Rand und auf den Badezimmerboden.

»Ellie!« kreischte Maya und brach in Gelächter aus, und ihre Freude blies die Trauer aus wie eine Kerze.

12

Eine Autofahrt! Fröhlich hüpfte ich auf den Rücksitz, und Maya stieg vorne ein.

Zur Arbeit konnte es nicht gehen, weil Maya glücklich war. In letzter Zeit war sie beim Arbeiten nie glücklich. Aber heute vibrierte sie geradezu vor Aufregung, und das machte auch mich neugierig. Ich streckte die Nase aus dem Fenster, sog die vorbeirauschenden Gerüche ein und klopfte mit dem Schwanz gegen die Rückbank.

Aber erst als Maya anhielt und mir die Tür öffnete, erkannte ich, wo wir waren.

Ich flitzte vor Maya die Treppe hoch und bellte an der Tür. Als ich noch bei Jakob gewohnt hatte, hätte ich das nie getan. Aber ich freute mich so, ich konnte nicht anders. Jakob! Ich würde Jakob wiedersehen!

Ich roch ihn in der Wohnung und hörte, wie er zur Tür ging. Er öffnete sie, und ich lief in ihn hinein, hüpfte an ihm hoch und wand mich glückselig um ihn herum.

Es war schon so lange her, dass ich ihn zuletzt gesehen, gerochen oder seine Stimme gehört hatte!

»Ellie! Wie geht's dir, Mädchen? Sitz!«, sagte er.

Widerwillig hockte ich mich hin.

»Hi, Jakob«, sagte Maya vor der Tür.

»Komm rein, Maya«, antwortete er.

Jakob ging an den Tisch, und ich sprang auf, um ihm zu folgen. Er bewegte sich langsamer als früher, und er stützte sich auf die Stuhllehne, als er sich setzte.

Ich legte den Kopf auf sein Knie. Am liebsten wäre ich auf seinen Schoß geklettert, so wie ich zu Maya in die Wanne gehüpft war. Aber ich traute mich nicht. Jakob würde das nicht erlauben, und außerdem hatte ich das Gefühl, dass ich vorsichtig mit ihm umgehen musste.

Maya und Jakob redeten ein wenig, so wie Menschen das immer machten. Ich riss mich von Jakob los und erkundete die Wohnung. Viel hatte sich nicht verändert. Mein Bett war fort, aber mein Geruch hing immer noch im Schlafzimmer. Das würde schon klappen. Ich konnte auf dem Teppich schlafen oder, wenn Jakob wollte, in seinem Bett.

Ich trabte zurück zu Jakob und kam dabei an Maya vorbei. Sie streckte ihre Hand aus, die nach Seife und leckerem Essen duftete, und streichelte mir den Rücken.

Da traf es mich wie der Blitz – wenn ich wieder bei Jakob lebte, musste ich Maya verlassen.

Als Jakob mich von meiner Mutter und meinen Geschwistern genommen hatte, hatte ich keine Wahl gehabt. Als Maya mich aus dem Zwinger geholt und in ihr Haus gebracht hatte, durfte ich wieder nicht mitreden. Ich wusste schon, wie das lief. Hunde konnten sich nicht aussuchen, wo sie wohnten. Das entschieden die Menschen.

Aber das Wissen half nichts gegen das Gefühl, als würde es mich innerlich zerreißen.

Jakob konnte viel besser arbeiten als Maya. Aber Maya schleppte keine dunkle, schwere Trauer mit sich herum so wie Jakob. Wenn Maya lachte, war sie wirklich glücklich. Wenn Maya zu Hause bei Mama ihre kleinen Cousins und Nichten umarmte, sprudelte die Freude geradezu aus ihr. Und wenn sie mich streichelte und mir die Ohren kraulte und mich einen guten Hund nannte, spürte ich dieselbe Liebe, die ich auch bei Georgia wahrgenommen hatte. Jakob unterdrückte solche Gefühle.

Andererseits, Jakob hatte keine Katzen …

Ich wusste, was ich mit meinem Leben anstellen wollte – ich musste suchen, zeigen und Menschen retten. Früher hatte ich das mit Jakob getan. Jetzt arbeitete Maya mit mir. Aber wie ging es nun weiter? Blieb ich bei

Jakob? Ging ich wieder mit Maya nach Hause? Mit wem sollte ich jetzt arbeiten?

Unruhig tigerte ich im Zimmer auf und ab.

»Musst du raus?«, fragte Maya.

»Nein, wenn sie muss, setzt sie sich vor die Tür«, sagte Jakob.

»Oh. Stimmt. Das habe ich schon mal gesehen«, antwortete Maya. »Also, meistens lasse ich die Gartentür einfach offen. Sie kommt und geht, wie sie will.«

Beide verstummten kurz. Ich konnte nicht still sitzen, nicht einmal neben Jakob. Ich trabte in die Küche. Sie war ganz anders als Mamas Küche, der Boden war wie immer makellos sauber. Es gab nichts, was man vom Boden hätte lecken können. Was für ein Jammer. Das hätte mich ein bisschen aufgeheitert.

»Ich habe gehört, dass du arbeitsunfähig geschrieben bist«, sagte Maya.

»Na ja, ich wurde in fünf Jahren zweimal angeschossen, das würde wohl jedem reichen«, erwiderte Jakob.

»Wir werden dich vermissen«, erklärte Maya schnell.

»Ich bin ja nicht aus der Welt. Ich habe mich an der Universität eingeschrieben. Vollzeit. Mir fehlen nur eineinhalb Jahre für meinen Jura-Abschluss.«

Wieder kehrte Stille ein. Maya fühlte sich unwohl, das

spürte ich. So ging es vielen Leuten, wenn sie versuchten, mit Jakob zu reden. Das Gespräch wurde holpriger und holpriger, bis es ganz abbrach, und das Gegenüber wurde dabei immer nervöser.

Ich kam zurück ins Wohnzimmer und lief unruhig im Kreis. Jakob beobachtete mich. »Also, wann legst du deine Prüfung ab?«, fragte er, als hätte er gar nicht gemerkt, wie still es geworden war.

Ich suchte mir eine Stelle am Boden genau zwischen den beiden aus und legte mich mit einem Seufzen hin. Ich bekam einfach nicht heraus, was die zwei Menschen vorhatten. Ich wusste ja noch nicht einmal, warum sie da herumsaßen und redeten, wo das doch keinen von ihnen glücklich zu machen schien.

Und ich war auch nicht glücklich.

»In zwei Wochen, aber …« Maya verstummte.

»Aber?«, hakte Jakob nach.

»Ich überlege, aus dem Programm auszusteigen«, platzte es aus Maya heraus, als hätte sie Angst, nicht weitersprechen zu können, wenn sie zögerte. »Ich schaffe es einfach nicht. Mir war nicht klar … Vielleicht wäre jemand anderes besser geeignet.«

»Das kannst du nicht machen«, sagte Jakob mit scharfer Stimme.

Ratlos, was ihn so wütend gemacht hatte, schaute ich Jakob an.

»Man kann einen Hund nicht von einem Besitzer zum nächsten schieben«, fuhr er fort. »So einen guten Suchhund wie Ellie gibt es nicht alle Tage.«

Ich wedelte mit dem Schwanz, als Jakob meinen Namen sagte, aber sein Tonfall war immer noch streng.

»Wenn du sie jetzt im Stich lässt, ist das ihr Untergang«, erklärte er Maya. »Wally meint, ihr beide hättet einen guten Draht. Mir ist das auch schon aufgefallen. Sie hat eine Beziehung zu dir aufgebaut. Sie sieht zu dir auf. Ihr seid ein Team.«

»Ich schaffe es körperlich nicht, Jakob.« In Mayas Stimme mischten sich Wut und Trauer. Unsicher schaute ich sie an. Wenn sie jetzt beide wütend waren, wohin sollte ich zuerst gehen? Sollte ich Maya trösten? Oder Jakobs Nähe suchen, um ihn zu beruhigen?

Vielleicht hatte ich in der Küche etwas übersehen. Ich könnte noch einmal nachschauen …

»Ich bin kein ehemaliger Marinesoldat wie du«, erklärte Maya. »Ich bin nur eine Streifenpolizistin, die den jährlichen Fitnesstest ganz knapp besteht. Ich habe es versucht, aber es ist einfach zu schwierig.«

»Zu schwierig.« Jakob starrte Maya wütend an, bis sie

die Achseln zuckte und wegsah. Ihre Wut war Schamgefühl gewichen.

Jakob war immer noch wütend, Maya aber traurig. Das half mir bei der Entscheidung, was zu tun war. Ich kam auf die Beine, ging zu ihr und stupste ihre Hand an.

»Und wie schwer wird es für Ellie?«, fragte Jakob. »Spielt das keine Rolle?«

»Natürlich tut es das.«

»Das heißt also, du willst nicht an dir arbeiten.«

Ich spürte, wie Tränen in Maya aufstiegen, die sie mit aller Macht zurückhielt. Wieder schob ich die Nase unter ihre Hand. Wenn sie mich streichelte, ging es ihr besser, das wusste ich. Und ich fühlte mich auch wohler.

Maya lächelte, wenn auch nur ein kleines, unsicheres Lächeln. Sie strich durch das Fell auf meinem Kopf. »Ach, Ellie.«

Sie blickte zu Jakob auf. »Natürlich ist Ellie mir wichtig, Jakob. Wie kannst du nur so etwas sagen? Es geht mir doch um sie. Sie verdient jemanden, der mit ihr mithalten kann. Ich habe nicht das Zeug dazu. Mir fehlt die innere Stärke.«

»Nicht das Zeug dazu. Innere Stärke.«

Als Jakob wieder das Wort ergriff, sprach er leise und schaute Maya nicht an.

»Als ich zum ersten Mal angeschossen wurde, war meine Schulter so kaputt, dass ich noch einmal ganz von vorne lernen musste, sie zu benutzen. Jeden Tag bin ich zur Physiotherapie gegangen. Da war dieses Ein-Kilo-Gewicht an einem Flaschenzug, und es hat *weh* getan … und meine Frau bekam gerade ihre letzte Chemotherapie. Mehr als einmal wollte ich aufgeben. Es war zu schwer.« Jakob hob den Kopf und blinzelte Maya an. »Aber Susan lag im Sterben. Und sie hat niemals aufgegeben, bis zum Schluss nicht. Und wenn sie weitermachen konnte, dann durfte ich auch nicht aufgeben. Weil es wichtig ist. Weil Scheitern keine Wahl ist, wenn der Erfolg nur eine Frage der Anstrengung ist.«

Der altbekannte Schmerz wütete in Jakobs Innerem wie ein Sturm, aber der Zorn war verschwunden, als hätte ein Windstoß ihn fortgejagt. Ich wechselte die Seiten, setzte mich neben Jakob und schaute ihn an.

»Ich weiß, dass es schwer ist, Maya«, sagte er mit rauer Stimme. »Streng dich mehr an.«

Jakob sackte in sich zusammen und wirkte so müde, als brächte er kein weiteres Wort mehr heraus. Da wusste ich, dass ich nicht bei ihm bleiben würde. Jakob interessierte sich einfach nicht mehr fürs Suchen.

Trauer hatte auch von Maya Besitz ergriffen, aber

müde wie Jakob war sie nicht. Sie saß aufrechter da. Sie wirkte stärker. Ich erinnerte mich an ihre Kraft, als wir den Strand entlanggelaufen waren, weiter, als sie es sich je hätte vorstellen können.

»Gut. Du hast recht«, sagte sie.

Jakob begleitete uns an die Tür und streichelte mir den Kopf, bevor wir gingen. »Wiedersehen, Maya. Tschüss, Ellie. Du bist ein gutes Mädchen«, sagte er zu mir.

Ich leckte ihm die Hand ab und sog ein letztes Mal seinen Duft ein – den Geruch seiner Haut, seinen Schweiß, die dunkle Trauer in seinem Inneren und die Stärke, die er dennoch ausstrahlte. Dann verließ ich mit Maya das Gebäude.

Jakob und Maya hatten mein Schicksal gemeinsam entschieden, und ich war einverstanden. Ich würde arbeiten, und ich würde es mit Maya tun.

Wir würden es gemeinsam tun.

Wenige Tage nach dem Besuch bei Jakob nahm mich Maya zum Laufen mit in die Berge. Wir rannten zusammen; ich hielt mich zurück, damit sie mithalten konnte. Nach einiger Zeit hörte ich sie nach Luft schnappen und dann einen dumpfen Schlag, als sie hinfiel.

Schnell lief ich zurück und steckte ihr meine Nase ins

schweißnasse Gesicht. Es roch nach Salz. Ihre Knie bluteten. Sie rochen ebenfalls salzig und nach stechendem Schmerz.

»Schon gut, Ellie«, sagte Maya leise und zwang sich aufzustehen. »Okay. Und weiter.«

Von da an gingen wir jeden Abend laufen. Es war ein Heidenspaß. Überall waren Gerüche, und weil wir nicht wirklich arbeiteten, durfte ich stehen bleiben und schnüffeln, was das Zeug hielt. Ich entdeckte Spuren von anderen Hunden, Hasen, Eichhörnchen und Katzen, Essensreste in der Wiese und spannend duftenden Abfall. Manchmal überholte Maya mich sogar, und ich musste hinter ihr hersprinten, um wieder gleichzuziehen.

Ich liebte es. Nur die Schmerzen, die Maya plagten, wenn wir wieder am Auto waren, die gefielen mir nicht. Eines Abends, nur wenige Tage nach dem Besuch bei Jakob, fuhr sie in die Einfahrt und blieb einfach sitzen.

Ich sprang auf und balancierte auf der Rückbank, bereit auszusteigen. Es war Essenszeit. Und ich hatte einen Bärenhunger.

Aber Maya rührte sich nicht.

Ich schob den Kopf über den Vordersitz in ihren Nacken, um herauszubekommen, was los war. Sie streckte eine Hand aus und drehte den Schlüssel, damit das Auto aufhörte, so nervtötend zu brummen. Aber dann machte sie keine Regung mehr, nur der Schweiß rann ihr übers Gesicht.

Ich erkannte, dass sie müde war – zu müde, um das Auto zu verlassen.

»Ich schaffe das nicht, Ellie«, flüsterte sie, ohne mich anzuschauen. »Es tut mir so leid.«

Meinen Namen hörte ich wohl, aber was sie von mir wollte, war mir schleierhaft. Also wartete ich einfach so geduldig wie möglich. Ich entdeckte Stella und Emmet, die uns vom Fenster aus beobachteten. Vermutlich wussten die beiden nicht einmal, was ein Auto war. Und ganz bestimmt gingen sie niemals laufen. Aber so war es nun mal. Der Hund war das ranghöhere Tier. Aus irgendeinem Grund mochte Maya Katzen, aber selbst sie musste zugeben, dass sie nutzlos waren.

Tinkerbell konnte ich gar nicht sehen. Wahrscheinlich hatte sie den Automotor gehört und sich irgendwo verkrochen.

»Alles klar, Maya?«

Da war eine leise Stimme, und sie gehörte Al. Der Wind kam aus der anderen Richtung, und so hatte ich ihn nicht riechen können. Ich steckte den Kopf aus dem Fenster und ließ mir die Ohren kraulen.

»Oh, hi, Al.« Maya schien aufzuwachen. Sie stieg ein wenig ungelenk aus dem Auto, so als täten ihr die Beine weh. »Ja, ich habe nur … nachgedacht.«

»Ach so. Ich habe dich herfahren sehen.«

»Ja.«

»Also bin ich gekommen, um zu schauen, ob ich helfen kann.«

Da war es schon wieder, Als Lieblingswort. Ich drehte den Kopf, damit er das andere Ohr kraulen konnte.

»Nein, nein. Ich war nur mit dem Hund laufen.«

Al öffnete mir die Tür, und ich hüpfte hinaus. Demonstrativ starrte ich Emmet und Stella an, damit sie bemerkten, dass ich draußen war, und sie nicht. Empört wandten sie sich ab.

»Okay.« Al holte tief Luft. »Du hast abgenommen, Maya.«

»Was?« Maya starrte ihn an.

Al sank in sich zusammen. »Nicht, dass du dick gewesen wärst. Mir ist nur aufgefallen, dass deine Beine in der kurzen Hose so dünn aussehen.« Sein Kummer war nicht nur spürbar, er sah auch aus wie ein begossener Pudel. Er machte ein paar Schritte rückwärts. »Ich gehe dann mal«, sagte er. Ich war traurig, dass er ging. Er hätte mir ruhig noch länger die Ohren kraulen dürfen. Andererseits ging Maya jetzt vielleicht ins Haus und es gab Abendessen.

»Danke, Al. Das war nett«, sagte Maya.

Er blieb stehen und richtete sich wieder auf. Ich roch seine Erleichterung. »Wenn es nach mir ginge, müsstest du nicht mehr trainieren«, sagte er. »Du bist perfekt, so wie du bist.«

Maya lachte. Al lachte auch. Ich wedelte mit dem Schwanz, um den Katzen drinnen auf dem Fensterbrett zu zeigen, dass *ich* den Witz verstand, und sie nicht.

13

Ungefähr eine Woche später gingen Maya und ich arbeiten. Hier gab es noch andere Hunde, und Menschen standen um uns herum und sahen uns zu. Normalerweise war das anders, aber mir machte es nichts aus. Ablenken konnten sie mich nicht. Ich hatte Arbeit zu erledigen.

Auf Mayas Kommando hin kletterte ich auf ein wackeliges Brett, balancierte die Schwingungen aus und stieg vorsichtig wieder hinunter. Sie schickte mich auf ein weiteres Brett, das auf zwei Sägeböcken lag. Ich setzte mich und wartete geduldig darauf, dass ich wieder hinunter durfte.

Dann lief Maya ans Ende einer langen Röhre und rief mich.

Ich erinnerte mich daran, wie Jakob mir das beigebracht hatte. Damals hatte mir das ganz und gar nicht gefallen; die Röhre war mir so dunkel erschienen und hatte mir Angst eingejagt. Jetzt fiel es mir leicht, es war Teil der

Aufgabe. Ich stürzte mich in den Tunnel, kämpfte mich hindurch und sah Mayas breites Lächeln, als ich mich hinauswand.

»Gutes Mädchen, Ellie!«

Dann gab sie mir den Auftrag zu suchen.

Den Teil mochte ich am liebsten. Die anderen Befehle waren Maya wichtig, so wie sie für Jakob wichtig gewesen waren. Ich wusste das, und es machte mir auch nichts aus, auf wackelige Bretter zu steigen oder in Röhren zu kriechen. Aber *Such* war am wichtigsten. Das war es, was die Arbeit ausmachte.

Ich steckte die Nase ins Gras und schnüffelte eifrig. Bald schnappte ich einen Duft auf: Ein Mann, der nach Pfefferminzkaugummi, Kölnischwasser, Kaffee und einem Ledermantel roch. Maya war aufgeregt; das erkannte ich an ihrer Stimme und ihrer Körperhaltung. Also folgte ich der Spur, so schnell ich nur konnte, und ließ sie hinter mir zurück.

Im Gestrüpp machte ich meine erste Entdeckung: die Socken des Mannes. Wirklich komisch, wie Menschen überall ihre Kleidung herumliegen ließen. Ich fragte mich, warum sie nicht einfach ein Fell hatten, dann wäre alles wesentlich einfacher. Ich raste zurück zu Maya. Als ich sie fand, war sie außer Atem, aber sie keuchte nicht. »Zeig's mir!«, rief sie nach einem Blick in mein Gesicht.

Sie blieb mir auf den Fersen, obwohl sie nach Luft schnappte, als wir bei den Socken waren. »Gut gemacht, Ellie. Gutes Mädchen! Such!«, sagte sie wieder.

Ich sprintete los, rannte zwischen Bäumen und Büschen hindurch und sprang über einen schlammigen Tümpel, ohne die Spur zu verlieren. Das war einfach. Und es machte Spaß!

Dann schien sich der Duft vom Boden zu erheben. Ich hielt mit erhobener Nase inne. Der Wind wehte mir den Duft des Mannes entgegen. Der Geruch in der Luft war nun stärker als der am Boden, aber ich wusste, was das zu bedeuten hatte. Wally hatte mehr als einmal versucht, mich so auszutricksen.

Ich blickte nach oben. Da saß der Mann auf dem Ast eines Baumes. Er hielt ganz still und hoffte wahrscheinlich, dass ich ihn nicht entdeckte. Aber mich konnte er nicht zum Narren halten!

Ich wirbelte herum und sprintete zurück zu Maya. Sie war nicht weit hinter mir. »Zeig's mir!«, keuchte sie.

Und das machte ich. Sie folgte mir, drängte sich durch das Geäst und duckte sich unter Zweigen hindurch. Sie grunzte, als ihr ein Ast ins Gesicht schlug.

Ich setzte mich neben den Baumstamm und starrte hinauf. Maya joggte an meine Seite, blieb stehen und schaute sich verwirrt um.

»Ellie? Er ist nicht hier. Warum bleibst du stehen, Mädchen?«

Ich bewegte mich nicht. Den Blick hielt ich fest auf den Mann gerichtet. Er war so mucksmäuschenstill, man hätte ihn glatt für einen weiteren Ast halten können.

»Ellie? Zeig's mir.«

Das *tat* ich doch. Ich zuckte missmutig, ließ den Mann aber nicht aus den Augen. Jakob hätte es mittlerweile herausbekommen.

»Ellie? Oh! Gutes Mädchen, Ellie!«

Maya schaute nach oben und grinste. Der Mann schwang sich aus dem Baum. Er grinste auch.

Schnell zog Maya den Gummiknochen aus der Tasche und spielte mit mir. Ich spürte ihre Freude und ihren Stolz, während wir zerrten und balgten.

»Ein gutes Team sind Sie beide«, sagte der Mann, den wir gefunden hatten.

»Ja«, sagte Maya und überließ mir den Knochen. Sie kniete sich hin und schloss mich in die Arme. »Das sind wir!«

An diesem Abend fuhren wir zu Mamas Haus. Es war proppenvoll. Alle Kinder waren da, von dem großen, schlaksigen Teenager, den Maya Joe nannte, bis zu den ganz kleinen, die wie Welpen waren. Auch viele Erwachsene waren da. Alle umarmten Maya und streichelten mich. Sie hörten gar nicht mehr auf, meinen Namen zu sagen.

»Nun, da ihr die Prüfung bestanden habt, musst du essen«, erklärte Mama Maya.

Da klingelte es an der Tür. Das kam bei Mama sonst nie vor. Die Menschen kamen einfach herein. Ich folgte Mama in die Diele, und als sie die Tür öffnete, schnappte sie freudig nach Luft und lächelte noch breiter als sonst.

Es war Al. Er hielt einen Blumenstrauß in der Hand und überreichte ihn Mama. Sie küsste ihn auf die Wange, und er errötete. Aber er war glücklich. Er kraulte mir die Ohren auf seine wundervolle Weise.

»Wie ich höre, bist du ein guter Hund, Ellie«, sagte er, und ich wedelte mit dem Schwanz.

Die ganze Familie verstummte, als Al in den Garten trat. Hier stand alles voller Picknicktische, überladen mit Essen und Flaschen, und überall saßen oder standen Leute, während die Kleinen herumrannten und schrien.

Jetzt aber hielten sie inne, und alle Blicke richteten sich auf die Tür.

Dann lief Maya zu Al und berührte seine Wange sanft mit ihrem Mund. Ich spürte die Nervosität der beiden und eilte zu ihnen. Womöglich gab es ja etwas zu tun. Arbeit vielleicht, oder musste ein Taco gegessen werden? Ich war zu allem bereit.

Maya strahlte übers ganze Gesicht, nahm Als Hand und wandte sich um. »Al, das ist mein Bruder José und das meine Schwester Elisa. Die Kleine hier ist Elisas Jüngste, und das ist …«

Maya fuhr fort. Keiner war mehr aufgeregt, also spazierte ich durch den Garten und fraß die Tortillachips und Würstchen, die mir die Kinder zusteckten. Alle waren fröhlich, und ich konnte nicht sagen, wer glücklicher war: Al, Maya oder Mama.

Nach dem Fest in Mamas Garten nahm mich Maya fast jeden Tag mit in den Zwinger der Polizeiwache. Ich lebte mich wieder bei Cammie und Gypsy ein, und wenn Maya mich holte, fanden wir jede Menge Leute. Da waren zwei Kinder, die sich von zu Hause davongestohlen hatten (ich entdeckte sie neben einem kleinen Bach, wo sie Steine aufsammelten und sorgfältig am Ufer stapelten), und eine Frau, die vom Pferd gestürzt war und sich am Bein verletzt hatte. Pferde waren anscheinend genauso nutzlos wie Katzen; ich fragte mich, warum sich nicht jeder stattdessen einen Hund hielt.

Nachdem wir die Frau im Wald gefunden hatten, fuhren Maya und ich mit dem Auto nach Hause. Aber als sie sich umgezogen und die Katzen gefüttert hatte, rief sie mich zu sich und wir gingen über die Straße zu Als Haus.

Al öffnete die Tür, und eine Woge der Nervosität schlug mir entgegen. »Maya, du siehst … D-d-u siehst toll aus«, stotterte er.

Maya lachte unsicher. »Ach nein, Al, gar nicht«, erwiderte sie. »Du bist es nur nicht gewohnt, mich ohne Uniform zu sehen, das ist alles.«

»Ähm. Kommst du rein?« Al trat zurück und wies uns den Weg ins Wohnzimmer.

Zufrieden stellte ich fest, dass es hier keine Katzen gab. Während Al Maya ein kaltes Getränk brachte, lief ich schnuppernd durchs Wohnzimmer. Dann setzten sich die beiden auf die Couch und redeten und schwiegen abwechselnd.

Aus der Küche wehte ein seltsamer Duft. Schnell trabte ich hinüber, um das zu überprüfen. Auf der Anrichte lagen die unterschiedlichsten Lebensmittel verstreut; ich roch Brot, Salat, Tomaten und Zwiebeln, die mir in der Nase brannten. Aber der komische Geruch kam aus dem Ofen. Um die Nase wieder frei zubekommen, schüttelte ich den Kopf, so dass mein Halsband schepperte, und flüchtete dann zurück ins Wohnzimmer.

»Ellie, du frecher Hund, was machst du denn?«, fragte Maya.

Al sprang auf. »Das Hühnchen!«, rief er und rannte in die Küche. Als er die Ofentür aufklappte, quoll Rauch und der strenge Geruch in den ganzen Raum.

Al und Maya rannten durchs Haus und rissen die Fenster auf. Maya versuchte, nicht zu lachen, bis Al damit anfing. Da konnten sich beide nicht mehr halten, und Maya musste sich auf den Tisch setzen, bis sie wieder Luft bekam. Dann brachte Al das Essen samt dem Hühnchen an den Esstisch, wo Maya schon wartete.

»Nein, Al, es schmeckt gut«, sagte sie kauend. »Wirklich. Kann ich einen Nachschlag haben?«

Al schaute sie nur an und schüttelte den Kopf. Dann ging er zum Telefon.

»Hallo«, sagte er so laut, dass auch Maya ihn gut verstehen konnte. »Eine Peperoni-Pizza mit extra Käse bitte. … In einer halben Stunde? Perfekt, danke.«

Damit setzte er sich wieder, und er und Maya lachten

noch mehr. Al legte das Hühnchen auf einen Teller und stellte es für mich auf den Boden.

Ich schnupperte daran. Es war trocken und die schwarze Kruste roch nach Rauch.

»Siehst du, Al, so schlecht ist es nicht. Ellie mag es!«, meinte Maya kichernd.

»Ich glaube, sie ist nur höflich. So wie du.«

Später am Abend gab mir Al auch ein Stück von der bestellten Pizza. Die schmeckte um einiges besser als das Hühnchen.

14

Eines Tages fuhren Maya und ich zum Flughafen, einem belebten Ort voll seltsamer Gerüche – Dieselabgase, Asphalt, Desinfektionsmittel auf dem Boden und viele, viele Menschen. Für eine lange Fahrt wurde ich in meiner Box in einen dunklen, lauten Raum verfrachtet. Nach einer Ewigkeit tauchte Maya endlich wieder auf, ließ mich raus und nahm mich an die Leine.

Sie führte mich hinaus auf eine geteerte Fläche, die sich unter meinen Pfoten heiß anfühlte. In der Nähe standen Helikopter mit surrenden Propellern. Ich erinnerte mich an den Tag, an dem Jakob in einem von denen fortgetragen wurde, und wich Maya nicht von der Seite.

Aber keiner der Hubschrauber nahm mir Maya weg. Sie kletterte in einen, rief mich aber zu sich. Ich war wieder ein Helikopter-Hund! Das machte nicht so viel Spaß wie Autofahren, weil der Lärm mir in den Ohren schmerzte, aber trotzdem freute ich mich. Ein Helikopter-Hund zu sein bedeutete, dass ich bei Maya blieb und dass es zur Arbeit ging.

Wir landeten an einem Ort, der mir ganz und gar fremd war.

Viele Hunde und Polizeibeamte eilten an uns vorbei. Sirenen heulten. Rauch und Staub waberten durch die Luft. Der Geruch gefiel mir überhaupt nicht.

Mit den Gebäuden hier stimmte etwas nicht. Die Mauern waren schief; die Türen hingen schräg im Rahmen oder waren komplett aus den Angeln gehoben worden. In den Dächern waren Löcher, manche waren auch ganz von den Häusern gefallen und lagen in großen Haufen aus Ziegeln und Brettern auf dem Boden.

Maya schien unsicher, wohin sie sich wenden sollte, nachdem wir aus dem Hubschrauber gestiegen waren. Wie festgewachsen stand sie auf der Landefläche und schaute sich um. »Oh, Ellie«, sagte sie ganz leise, so dass nur ich sie hören konnte.

Ich lehnte mich gegen ihr Bein und spürte ihre Angst und die Spannung in ihren Muskeln. Das machte mich nervös, genau wie die seltsamen Gerüche und Geräusche. Ich gähnte beklommen und wünschte mir, wir würden endlich mit der Arbeit anfangen. Wenn ich arbeitete, war ich nicht nervös.

Ein Mann kam auf uns zu. Seine Kleider und seine Haut waren von Erde und Öl verschmiert, auf dem Kopf trug er einen Plastikhelm. Er streckte Maya und mir je eine Hand entgegen. Sie roch nach Asche, Blut und Lehm.

»Ich leite das amerikanische Hilfsprogramm in diesem Sektor«, erklärte er Maya. »Danke, dass Sie hergekommen sind.«

»Ich hatte ja keine Ahnung, dass es so schlimm ist«, sagte Maya. Ihre Stimme zitterte kaum hörbar.

»Das hier ist nur die Spitze des Eisbergs. Die Regierung von El Salvador ist völlig überfordert«, antwortete der Mann. »Wir haben über viertausend Verletzte, Hunderte Tote. Und immer noch finden wir Verschüttete in den Trümmern. Es gab mehr als ein halbes Dutzend Nachbeben seit dem großen Beben, manche davon ziemlich stark. Seien Sie vorsichtig, wenn sie in die Gebäude gehen.«

Maya legte mir die Leine an und führte mich auf die Straße.

Wir mussten über Berge aus Steinen und verkohltem Holz klettern oder Haufen aus zersplitterten Brettern ausweichen, aus denen Nägel ragten. Alles war von einer Schicht aus Asche und Staub bedeckt. Bald waren auch

Mayas Haare und Kleider davon überzogen, genau wie mein Fell, und es klebte mir auf der Nase. Das war wirklich unangenehm.

Schließlich kamen wir an ein Haus. Ein Riss spaltete es vom Boden bis zum First. »Gehen Sie da nicht hinein«, sagte ein Mann und wischte sich den Schweiß von der Stirn. »Das Dach wird nicht mehr lange halten.«

»Such, Ellie!«, sagte Maya. Aber sie ließ mich nicht von der Leine und rief mich zurück, als ich durch die offene Tür laufen wollte. Wir überprüften das Haus nur von außen. Ich roch nur Staub und Asche. Rauch in der Luft. Keine Menschen.

Wenn Trauer einen Geruch hätte, dann wäre es dieser.

Wir untersuchten noch andere Häuser. Manche durfte ich betreten, andere nicht. In den ersten beiden fand ich niemanden.

Neben dem dritten Haus fand ich den ersten Menschen.

Eine Mauer war eingestürzt, und das Dach darüber zusammengebrochen, als bestünde das Gebäude aus Papier. Sofort hatte ich einen Geruch in der Nase und zog an der Leine. Maya folgte mir und zerrte Bretter, Ziegel und Scherben beiseite, als ich sie an die zerstörte Mauer zerrte.

Der Mensch, den ich gefunden hatte, roch … falsch. Ich roch eine Frau, ihr Haar, das Shampoo, das sie benutzt hatte. Aber gleichzeitig nahm ich Blut wahr und noch etwas anderes. Etwas Kaltes und Bewegungsloses.

Ich hielt an, den Blick fest auf einen Haufen Ziegelsteine gerichtet.

»Hier, Ellie? Ist da jemand?«, fragte Maya.

Ich rührte mich nicht.

»Hier!«, rief sie.

Männer mit Schaufeln und Stemmeisen kamen angerannt und schafften die Ziegelsteine beiseite. Gespannt schaute ich zu. Ich hatte jemanden gefunden, aber es fühlte sich falsch an. Wally hatte sich nie unter etwas so Schwerem und Großem versteckt wie unter diesem Berg aus zerborstenen Steinen, also wusste ich nicht, was passieren würde. Wenn alle Steine fort waren, und ich sehen konnte, wen ich gefunden hatte, würde vielleicht wieder alles stimmen.

Maya kniete sich neben mich. »Gutes Mädchen, Ellie«, flüsterte sie, aber sogar ihr Lob klang komisch. Sie war nicht aufgeregt und fröhlich. Sie weinte.

»Okay«, sagte einer der Männer. »Wir haben sie.«

»Es ist eine Frau?«, fragte Maya. Sie wischte sich die Tränen aus dem Gesicht und stand auf. »Ist sie …«

»Ja. Zu spät. Wir holen sie raus. Aber Sie können weitermachen.«

Ich starrte Maya an, warf einen Blick zu den Männern, die immer noch gruben, und schaute dann wieder in Mayas Gesicht.

»Gut gemacht, Ellie.« Sie richtete sich auf und zog den Gummiknochen aus der Tasche. »Du hast deine Arbeit erledigt. Gutes Mädchen!«

Sie spielte Tauziehen mit mir, aber es war nicht wie sonst. Ich wollte weiterarbeiten. Vielleicht würde es das nächste Mal besser laufen.

Tat es aber nicht. Ich fand drei weitere Menschen. An allen hing dieser kalte, graue Geruch. Keiner von ihnen bewegte sich. Keiner freute sich, dass ich ihn gefunden hatte.

Das war nicht richtig. Beim Finden ging es darum, Leute zu retten. Aber ich wusste, dass diese Menschen nicht gerettet werden konnten.

Als Maya mir den Knochen zum vierten Mal vor die Nase hielt, drehte ich den Kopf weg.

»Oh, Ellie.« Tränen rannen ihr übers Gesicht und malten helle Linien in den Staub auf ihren Wangen. »Es ist nicht deine Schuld, Ellie. Du bist ein guter Hund.«

Ihre Worte halfen nicht. Ich fühlte mich wie ein böser

Hund. Ich suchte auf die falsche Art. Ich rettete niemanden.

Ich legte mich in den Staub und Schutt zu Mayas Füßen. Zum ersten Mal, seit Jakob mir gezeigt hatte, wie man arbeitet, wollte ich es nicht mehr tun. Ich wünschte mir, wir könnten nach Hause gehen. Es wäre mir sogar egal, wenn Stella in meinem Bett lag oder Emmet an meinem Futter schnupperte.

»Vernon?«, rief Maya einen der Männer mit den Schaufeln. »Würdest du mir einen Gefallen tun und dich irgendwo verstecken?«

»Verstecken?« Verdutzt schaute er sie an.

»Sie muss jemanden finden, der lebt. Würdest du dich verstecken? Vielleicht drüben in dem Haus, das wir eben durchsucht haben. Und wenn sie dich findet, musst du dich furchtbar freuen.«

»Ähm, ja, okay.«

Müde blickte ich Vernon hinterher. Maya kniete sich hin und tätschelte mich, dann ließ sie mir etwas Wasser aus einer Flasche in den Mund rinnen. Ich trank es, und sie kraulte mich hinter den Ohren.

»Okay, Ellie, bist du bereit? Bereit, jemanden zu finden?«

Langsam stand ich auf. Ich war müde. Und ich wusste

sehr wohl, dass Maya nicht so aufgeregt war, wie sie vorgab zu sein. Aber es ging um Arbeit, also folgte ich ihren Befehlen. Sie führte mich an ein Haus, das wir schon durchsucht hatten.

Warum gingen wir noch mal zurück? Verwirrt blieb ich an der Türschwelle stehen, Maya wartete auf der Straße. Irgendetwas war anders. Ich steckte die Nase in den staubigen Teppich und schnupperte.

Vernon. Natürlich war sein Geruch schon vorher hier gewesen, aber diese Spur war frischer. Und er war geradewegs durch den Raum marschiert. Ich folgte seinem Duft und stieg vorsichtig über Scherben und Bücher, die aus den Regalen gefallen waren, ein Spielzeugauto, ein kaputtes Radio.

Ein Stapel Decken lag in einer Ecke. Hier war Vernons Geruch am stärksten, er roch nach Schweiß, Hitze und Ziegen. Und sein Geruch unterschied sich von den anderen Menschen, die ich gefunden hatte. Er roch … lebendig.

Ich machte kehrt und rannte zurück zu Maya. »Zeig's mir!«, drängte sie.

Ich lief zurück zu den Decken, und als Maya sie zurückschlug, setzte Vernon sich auf. Ein Lächeln machte sich auf seinem traurigen, verstaubten Gesicht breit.

»Du hast mich gefunden! Guter Hund, Ellie!«, rief er. Ich wedelte so fest mit dem Schwanz, dass meine Hinterbeine vor Aufregung tanzten. Ich war doch ein guter Hund! Ich hatte jemanden gefunden, der sich freute, entdeckt zu werden!

Vernon lachte über meinen Tanz und wälzte sich mit mir in den Decken. Ich leckte ihm das Gesicht ab. Er schmeckte nach Schweiß und Staub. Maya warf ihm den Gummiknochen zu, und wir spielten Tauziehen.

Danach war ich bereit, weiterzuarbeiten.

Maya und ich waren die ganze Nacht auf den Beinen. Wir fanden weitere Menschen, darunter auch immer wieder Vernon, der sich von Mal zu Mal ausgefallenere Verstecke einfallen ließ. Aber ich hatte mit Wally gearbeitet, also konnte mich keiner so leicht zum Narren halten. Ich fand Vernon jedes Mal.

Die Sonne ging gerade auf, als wir ein neues Gebäude erreichten. Aus einer Ecke stieg stechend riechender Dampf auf. Etwas an diesem Duft gefiel mir ganz und gar nicht. Ein paar Metallfässer waren unter Betonsteinen zermalmt worden, und jetzt trat eine Flüssigkeit aus, die mir Tränen in die Augen trieb. Bis jetzt hatte ich noch nichts Vergleichbares gerochen.

Maya ließ mich nicht von der Leine. »Vorsichtig, Ellie«, murmelte sie.

Eine Steinmauer war eingestürzt. Ich ignorierte den schrecklichen Geruch aus den Fässern und versuchte zu suchen. Unter den beißenden Chemikalien war der Duft kaum auszumachen, aber ich entdeckte ihn. Ein Mensch. Tot.

Ich hielt an und starrte den Steinhaufen an. »Hier ist jemand!«, rief Maya. Ihre Stimme klang müde.

»Das wissen wir schon«, erklärte ein Mann mit einer Schaufel in der Hand. »Aber wir bekommen ihn da nicht raus. Was auch immer in diesen Fässern war, es ist giftig. Wir brauchen zuerst ein Säuberungsteam.«

»Okay, gut gemacht, Ellie. Gehen wir woanders hin.«

Ich richtete mich auf, folgte Maya aber nicht. Da war etwas, der Hauch eines neuen Geruchs unter dem alles überlagernden chemischen Gestank. Da! Der Duft aus einem breiten Riss in der Wand direkt hinter dem Steinhaufen. Noch ein Mensch. Eine Frau.

Ich erstarrte. Maya fest im Blick wartete ich auf ein »Zeig's mir«.

»Ist schon gut, Ellie. Diesen hier müssen wir dalassen. Komm mit«, sagte Maya. Sanft zog sie an der Leine. »Komm, Ellie.

Ich starrte auf den Riss in der Wand, dann hoch zu Maya. Wir konnten nicht gehen!

Die Frau, die ich gefunden hatte, roch wie Vernon. Sie lebte.

15

Wir wissen von dem Opfer, Ellie. Wir müssen ihn hierlassen. Komm mit«, sagte Maya.

Sie wollte, dass ich ging. Aber warum? Wir waren noch nicht fertig. Wir hatten die Person, die ich gerochen hatte, noch nicht gefunden.

Es sei denn …

Verstand Maya mich nicht? Glaubte sie, dass ich immer noch die Person unter den Steinen meinte? Dann lief etwas schief. Ich starrte sie an und versuchte, ihr mit den Augen, den Ohren, mit meinem angespannten, starren Körper zu zeigen, dass ich eine neue Person gefunden hatte.

Maya musste das verstehen. Ohne sie konnte ich niemanden suchen. Denn *Such* bedeutete, Maya zu jemandem zu bringen. Was sollte ich tun, wenn sie nicht mitkam?

»Will sie wieder mich suchen?«, fragte Vernon.

Maya schüttelte den Kopf. »Die arme Ellie. Das alles

hier ist sehr verwirrend für sie. Hier kannst du dich nicht verstecken, es ist zu gefährlich. Aber ein Vorschlag: Es macht ihr bestimmt Spaß, dich etwas zu jagen. Geh ein Stück die Straße runter und ruf sie, dann lasse ich sie von der Leine.«

Ich würdigte Vernon keines Blickes, als er davontrabte. Ich arbeitete. Meine ganze Aufmerksamkeit galt dem Schutthaufen, dem Riss in der Wand und dem schwachen Duft, der mir daraus entgegenwehte.

Die Frau lebte und hatte Angst. Stechende Furcht waberte unter dem chemischen Geruch, der mir in der Nase schmerzte.

Maya machte die Leine los. »Ellie? Was macht Vernon da? Wohin geht er?«

»Hey, Ellie! Schau!«, rief Vernon. Er blickte über die Schulter zu mir und rannte langsam los, die Straße hinunter.

Ich sah ihm hinterher. Es würde Spaß machen, ihn zu jagen. Maya wollte, dass ich es tat, und mir gefiel es, Vernon zu suchen. Er würde mit mir balgen und spielen und sich freuen, dass ich ihn gefunden hatte. Ihn zu suchen war das einzig Schöne in dieser Nacht gewesen.

Aber ich hatte etwas zu erledigen. Ich wandte mich wieder dem eingestürzten Gebäude zu.

»Ellie! Nein!«, rief Maya.

Hätte Jakob dieses Kommando gegeben, wäre ich wie angewurzelt stehen geblieben. Aber Maya fehlte die Strenge. Sie war eher ängstlich als wütend. Das zeigte sich in ihrer Stimme.

Ich kletterte auf den Schutthaufen, unter dem der Leichnam lag, und krabbelte auf der anderen Seite wieder hinunter. Ich rutschte in einer Pfütze aus, und meine Ballen fingen an zu brennen. Dieser scharfe, unnatürliche Geruch war jetzt überall. Er überdeckte den Duft der Frau. In der Hoffnung, dass ich ihn wiederfand, tastete ich mich voran.

Da! Der Riss in der Wand lag vor mir. Ich zwängte mich hinein. Es war fast wie die Röhre, durch die ich mich schon so oft gekämpft hatte. Mit Jakob und dann mit Maya. Ich wusste, was zu tun war.

Der Boden unter mir war nass und glitschig. Die Flüssigkeit verklebte mein Fell. Sie spritzte mir an die Nase, als ich mich durch den Riss quetschte. Das tat weh! Schlimmer noch als die Pfoten. Ich nahm alle Kraft zusammen und schob mich voran, verzweifelt, diesen engen, dunklen und gefährlichen Ort hinter mir zu lassen.

Dann verlor ich den Boden unter den Füßen. Ich fiel einen engen Schacht hinunter. Hart schlug ich auf Beton.

Taumelnd kam ich wieder auf die Beine und schüttelte den Kopf. Meine Nase! Sie brannte wie Feuer!

Die Frau, die sich in eine Ecke gekauert hatte, konnte ich nicht einmal riechen. Sie hielt sich ein Stück Stoff, dass sie von ihrem Rock abgerissen hatte, vor das Gesicht. Aus großen, dunklen Augen schaute sich mich ängstlich an.

Ich konnte nicht zurück zu Maya, um ihr zu zeigen, was ich gefunden hatte. Stattdessen bellte ich.

»Ellie!« Mayas Stimme hallte von den Betonwänden um mich her wieder, und sie musste husten.

»Komm zurück, Maya«, rief Vernon.

Ich hörte nicht auf zu bellen. »Ellie!«, schrie Maya wieder, und es klang schon näher.

Die Frau hatte Maya gehört. Sie ließ das Stofftuch vor ihrem Gesicht fallen und schrie, all ihre Angst und all ihr Schmerz lagen in ihrer Stimme.

»Hier! Ich bin hier! Bleiben Sie hier! Holen Sie mich raus!«

»Hier ist jemand, eine Überlebende!«, rief Maya.

Maya hatte es endlich verstanden, das erkannte ich. Also hörte ich auf zu bellen und setzte mich neben die Frau. Immer noch schüttelte ich den Kopf und kratzte mit der Pfote über die Nase. Meine Augen tränten, und

was auch immer mit meiner Nase los war, es wurde schlimmer und schlimmer.

Die Frau bemerkte mein Problem. Vorsichtig versuchte sie meine Nase mit dem Stofftuch abzutupfen, das sie sich vors Gesicht gehalten hatte.

Ich zuckte zurück und knurrte. Ich konnte nicht anders. Die Berührung hatte das lodernde Brennen in einen stechenden, wütenden Schmerz verwandelt.

Es tat mir leid, dass ich geknurrt hatte. Ich wusste, dass ich das nicht durfte. Deswegen kroch ich wieder an ihre Seite und leckte ihr die Hand als Entschuldigung ab. Sie schien zu verstehen und versuchte nicht nochmal, meine Nase zu berühren. Stattdessen sprach sie mit leiser Stimme zu sich selbst; ihre Worte klangen gleichzeitig ruhig und eindringlich.

Einmal hatte ich Mama so sprechen hören. Das hatte sie beten genannt.

Die Frau und ich saßen nebeneinander, bis ein Mann mit Helm und Maske eine Taschenlampe in den kleinen Raum hielt und damit winkte. Das Licht traf uns beide. Die Frau keuchte, dann winkte sie hektisch zurück.

Bald konnten wir Hämmern und das Geräusch von kratzenden Schaufeln über uns hören, dann fiel Tageslicht durch den Schacht über uns. Fast sofort schob sich ein Schatten davor. Es war ein Mann, der an einem Seil heruntergelassen wurde.

Die Frau hatte ganz offensichtlich noch nie geübt, an einer Rettungswinde hochgezogen zu werden. Sie hatte große Angst und betete die ganze Zeit, während der Feuerwehrmann ihr den Gurt anlegte und sie hinausmanövrierte. Mir hatte Jakob beigebracht, dass man sich vor dem Geschirr nicht zu fürchten brauchte, also trat ich ohne zu zögern an die Seilwinde, als ich an der Reihe war.

Ruckartig ging es den Schacht hinauf. Maya wartete oben an dem Loch, das die Männer gegraben hatten. Sofort nachdem ich aus dem Geschirr gestiegen war, sprang ich ihr in die Arme.

Mayas Erleichterung verwandelte sich schnell in Sorge. »Oh, nein, Ellie. Deine Nase!«

Maya nahm mich an die Leine und rannte mit mir zu einem Feuerwehrauto. Schnell redete Maya auf einen der Feuerwehrmänner ein. Er kam zu mir herüber und – nun ja, als wäre nicht alles schon schlimm genug, badete er mich!

Baden! Waren wir etwa nicht bei der Arbeit? Ich war entrüstet, hielt aber still, als Maya es mir befahl. Eigentlich war es eher eine Dusche als ein Bad. Der Feuerwehrmann hielt einen Schlauch über mich und ließ mir kaltes

Wasser über Kopf und Fell rinnen. Zuerst brannte meine Nase noch schlimmer, und ich wich zurück, aber dann beruhigte sich die empfindliche Haut endlich.

Danach war die Arbeit vorbei. Maya und ich flogen eine Runde mit dem Hubschrauber, dann mit dem Flugzeug. Zurück am Flughafen, setzte sie mich ins Auto und fuhr direkt zu einem Mann in einem kalten, weißen Raum.

Er trug einen weißen Kittel, der nach anderen Hunden, herber Seife und Desinfektionsmittel roch. Hier war ich schon öfter gewesen. Die Stimme des Mannes war ruhig und seine Hände sanft, aber immer mal wieder zückte er eine Spritze, weswegen er nicht gerade mein Lieblingsmensch war.

Er hielt mein Gesicht mit den Händen fest und schaute mich eingehend an. Dann zog er eine Tube aus einem Gefäß und tupfte mir behutsam eine Art Creme auf die Nase. Die Salbe roch furchtbar, fühlte sich aber gleichzeitig kalt und wundervoll an, also ließ ich die Prozedur stillschweigend über mich ergehen.

»Was war das, eine Säure?«, fragte er Maya.

»Ich weiß es nicht. Wird sie wieder?« Mayas Hand lag auf meinem Hals, sie kraulte mich sanft. Ich spürte ihre Liebe und ihre Sorge in der Berührung sowie in ihrer

Stimme. Wenn ich ihr doch nur sagen könnte, dass es mir schon besser ging. Meine Nase hatte schon vorher kaum mehr weh getan, und nun hatte die Salbe das letzte Brennen weggenommen.

»Wir müssen darauf achten, dass es sich nicht entzündet«, erklärte der Mann im weißen Kittel Maya, »aber ich wüsste nicht, warum es nicht ganz normal verheilen sollte.«

»Aber kann sie noch arbeiten?« Mayas Stimme klang immer noch besorgt.

Der Mann schüttelte den Kopf. »Alles, was wir tun können, ist abwarten.«

Die nächsten zwei Wochen gingen Maya und ich nicht arbeiten. Jeden Tag rieb sie mir die Nase vorsichtig mit der Salbe ein. Emmet und Stella fanden das wohl sehr unterhaltsam, wenn sie uns auf der Anrichte sitzend beobachteten. Mich vor den Katzen so zur Schau stellen zu müssen war wirklich peinlich, aber Maya sagte mir, ich sollte stillhalten, also tat ich das.

Tinkerbell dagegen … sie *liebte* die Salbe. Mir fiel kein vernünftiger Grund ein, warum, aber Katzen waren nun mal nicht vernünftig. Wenn Maya mit mir fertig war, schlüpfte die grau-weiße Katze aus ihrem Versteck und schnüffelte ganz lange an meiner Nase. Dann schmiegte sie sich an mich und schnurrte.

Das war sogar noch peinlicher als die Gafferei von der Anrichte herunter. Wenn ich mich dann mit einem Seufzen hinlegte, saß Tinkerbell neben mir und schnupperte mit ihrer kleinen, auf und ab hüpfenden Nase an mir herum. Sie kam sogar auf die Idee, sich zum Schlafen neben mir zusammenzurollen.

Es war kaum auszuhalten. Ich konnte es gar nicht mehr erwarten, dass Maya mich endlich wieder zur Arbeit rief.

Und dann war es endlich soweit. Im Park angekommen, raste ich auf Wally und Belinda zu. Auch die beiden waren aufgeregt. Das erkannte ich an ihrem breiten Lächeln und an ihren Stimmen.

»Wie ich höre, bist du eine Heldin, Ellie! Guter Hund!« Ich wedelte sogar noch fester mit dem Schwanz, als Wally mich lobte. Lob war schön. Streicheln angenehm. Aber, was am besten war, gleich ging es an die Arbeit!

Wally rannte davon, während Belinda und Maya sich an einen Picknicktisch setzten.

»Also, wie läuft es zwischen Wally und dir?«, fragte Maya.

Ich setzte mich hin, aber ruhig zu bleiben, fiel mir schwer. Meine Beine juckten vor Eifer. Ich wollte rennen. Wenn wir sofort loslegten, könnte ich Wally binnen kürzester Zeit schnappen.

»Am Sonntag stellt er mir seine Eltern vor, also …«, antwortete Belinda.

»Das ist toll.«

Ich ächzte. Menschen konnten so erstaunliche Dinge tun – warum also saßen sie die ganze Zeit herum und tauschten Worte aus? Und nicht einmal interessante Wörter, wie »Such« oder »Komm« oder »Spazierengehen« oder »guter Hund«.

»Platz, Ellie«, sagte Maya. Noch so ein unsinniges Wort. Seufzend legte ich mich hin und schaute demonstrativ in die Richtung, die Wally eingeschlagen hatte.

Maya und Belinda machten noch mehr Worte um nichts. Endlich, gerade als ich glaubte, vor Ungeduld gleich zu platzen, schaute Maya mit einem Lächeln zu mir.

»Okay, Ellie. Du kannst es wohl kaum erwarten? Such!«

Und weg war ich. Es war himmlisch, endlich wieder rennen zu können, und mittlerweile hielt sogar Maya mit. Es gab auf der ganzen Welt nichts Besseres.

Und Wally hatte sich im Verstecken selbst übertroffen! Ich entdeckte nirgendwo seinen Geruch. Ich überprüfte die Wiese und hob dann den Kopf, um eine Spur von ihm in der Luft zu erhaschen. Das war seltsam. Es waren kaum Gerüche da, die mich hätten ablenken können, trotzdem war Wallys vertrauter Duft nicht zu entdecken.

Ich rannte vor und zurück, suchte im Gras wie in der Luft und streckte die Nase in jeden Windhauch. Nichts.

Ich eilte zurück zu Maya, nur um sicherzugehen, dass wir noch arbeiteten. »Such, Ellie«, wiederholte sie. Ich erkannte Sorge in ihrer Stimme, aber sie brauchte sich nicht zu sorgen. Ich war gut im Arbeiten. *Such* gefiel mir. Wally war dieses Mal nur besonders gerissen, aber lange konnte er mich nicht zum Narren halten.

Maya ließ mich noch eine Weile arbeiten, dann rief sie mich zurück. Sie führte mich in einen neuen Bereich des Parks und schickte mich wieder los. Gras, sonst nichts. Büsche, sonst nichts. Wind, sonst nichts. Kein Wally.

»Was ist los, Mädchen? Alles klar?«

Überrascht wirbelte ich herum. Da war Wally!

Wie hatte das passieren können? Warum konnte Wally sich so an mich heranschleichen? Der Wind kam aus seiner Richtung. Und trotzdem hatte ich ihn gehört, bevor ich ihn riechen konnte. Ich sprintete auf ihn zu, bis meine Nase zuletzt doch den erwarteten Geruch aufschnappte. Dann raste ich zurück zu Maya. Aber dieses

Mal brauchte ich ihr nicht zu zeigen, wo Wally sich versteckte. Sie sprach schon mit ihm.

»Wir haben wohl einen schlechten Tag!«, rief sie, als sie auf uns zukam.

»Scheint ganz so. Soweit ich weiß, hat Ellie noch nie versagt. Hey, Ellie, wie läuft's?«, fragte Wally mich. Er zeigte mir ein Stöckchen, und wir spielten und zerrten einander über die Wiese.

»Ein Vorschlag, Maya. Du lenkst sie von mir ab. Ich gehe rüber auf diesen Hügel dort und komme dann ein Stück zurück in eure Richtung. Gib mir zehn Minuten.«

»Bist du sicher?«

»Sie war ein paar Wochen außer Gefecht; versuchen wir etwas Einfaches.«

Ich sah vielleicht nicht, wie Wally sich davonstahl, aber ich hörte ihn, obwohl Maya mir den Gummiknochen angeboten hatte und ihn mir jetzt (das hatten Menschen nun mal so an sich) wieder wegnehmen wollte. Ich hörte ihn, und ich wusste, dass er sich wieder versteckte. Fröhlich balgte ich um den Knochen und schüttelte wild den Kopf, um ihn aus Mayas Griff zu befreien. Wir würden wieder suchen!

»Okay, Ellie!«, Maya zog mir den Knochen aus dem Maul. »Such!«

Eifrig flitzte ich in die Richtung, in der ich Wally zuletzt gehört hatte. Ich rannte einen kleinen Hügel hinauf und blieb stehen. Was jetzt?

Wie machte Wally das nur? Wie versteckte er seinen Geruch? Nicht einmal der Wind konnte mir einen Hinweis geben.

Ich rannte zu Maya zurück, damit sie mir die Richtung vorgab. Sie schickte mich nach rechts. Im Zickzack lief ich das Gebiet ab.

Kein Wally.

Maya schickte mich nach links. Wieder keine Spur von Wally. Aufgeregt, aber auch ein wenig besorgt sauste ich zurück zu Maya und sah ihr erwartungsvoll ins Gesicht. Was war des Rätsels Lösung? Übersah ich irgendetwas? Würde sie es mir verraten? Wir mussten ihn finden!

Maya schickte mich wieder nach links und folgte mir dieses Mal. Sie lief mit mir am Fuß des Hügels entlang, den ich zuvor hinaufgerannt war. Ich schnupperte im Gras und an mickrigen Büschen und hob die Nase in den Wind. Aber Wally war zu gerissen. Ich hatte keine Ahnung, wo er war.

Da bewegte sich etwas.

Nur ein paar Grashalme wackelten, aber mir entging nichts. Ich machte einen Satz darauf zu. Wally setzte sich auf. Ich hatte es geschafft! Ich hatte ihn gefunden! Aber Maya musste ich nicht holen, sie stand schon da.

»Das ist nicht gut, oder?«, fragte sie. »Der Tierarzt meint, sie müsste sich mittlerweile vollständig erholt haben.«

»Na ja … Geben wir ihr noch eine Woche, mal sehen, ob es besser wird«, erwiderte Wally. Aus irgendeinem Grund war er traurig, und ich stupste seine Hand an. Normalerweise freute er sich sehr, wenn er gefunden wurde. Was dieses Mal anders war, wusste ich nicht.

In den folgenden Tagen gingen Maya und ich noch ein paarmal arbeiten, aber Wally trickste mich weiterhin aus. Er verbarg seinen Duft, so dass ich ihn nicht entdecken konnte, bis ich fast vor ihm stand.

Schließlich gingen Maya und ich überhaupt nicht mehr in den Park.

16

»Was soll das heißen, Ellie hat die Bescheinigung verloren? Heißt das, du verlierst deinen Job?«, fragte Al eines Abends. Eigentlich bin ich kein großer Freund von Füßen, aber ich hatte Al erlaubt, seine Schuhe auszuziehen und mir mit den Füßen den Bauch zu streicheln. Seine rochen nämlich nicht so schlimm wie andere.

»Nein, aber ich werde neu zugeteilt. Die letzten Wochen habe ich am Schreibtisch verbracht, aber dafür bin ich einfach nicht geschaffen. Wahrscheinlich beantrage ich, wieder auf Streife gehen zu dürfen«, antwortete Maya.

Als Maya wegschaute, ließ Al heimlich ein kleines Stück Fleisch auf den Teppich vor mir fallen. Das war der Hauptgrund, weshalb ich bei den Mahlzeiten vor ihm lag, auch wenn ich mich dann mit seinen Füßen arrangieren musste. Geräuschlos schleckte ich den Leckerbissen auf, und Stella warf mir von der Couch aus einen missbilligenden Blick zu.

»Mir gefällt der Gedanke nicht, dass du draußen auf Streife bist«, meinte Al. »Das ist zu gefährlich.«

»Albert«, seufzte Maya.

»Was ist mit Ellie?«

Als mein Name fiel, schaute ich auf. Noch ein Geschenk für mich? Nein. Al gab mir kein weiteres Stück Fleisch.

»Ich weiß nicht. Arbeiten kann sie nicht mehr; ihr Geruchssinn hat zu großen Schaden genommen. Sie geht in Rente. Und lebt bei mir. Nicht wahr, Ellie?«

Ich wedelte mit dem Schwanz. Es gefiel mir immer, wenn Maya meinen Namen sagte, auch wenn sie beim Essen nie etwas fallen ließ. Allein an ihrem Tonfall hörte ich, wie sehr sie mich liebte.

»Gehen wir an den Strand«, schlug Al vor. »Nein, um das schmutzige Geschirr kümmern wir uns später. Komm, solange es noch hell ist.«

»Nehmen wir Ellie mit.«

»Klar, Ellie kommt mit.«

Al hatte eine Decke mit an den Strand gebracht und breitete sie jetzt im Sand aus. Die Sonne ging unter, und der Wind frischte auf. Er legte einen Arm um Mayas Schulter und sie redeten, während die Wellen auf uns zurauschten.

»Wie schön es ist«, sagte Maya.

Bestimmt würden die beiden gerne mit einem Stöckchen oder einem Ball spielen, aber ich war angeleint und konnte ihnen kein Spielzeug suchen. Zu schade. Sie hatten ja gar nichts zu tun.

Al zog meine Aufmerksamkeit auf sich, weil er Angst bekam. Sein Herz klopfte plötzlich so laut, dass ich es hören konnte, und ich roch den Schweiß auf seinen Handflächen und seiner Stirn. Außerdem spürte ich die nervöse Spannung, die all seine Muskeln zusammenzog.

Ängstlich schaute ich mich um. Was ging hier vor? Ich rückte näher an Maya heran, bereit, sie zu verteidigen, wenn es nötig wurde.

»Maya, als du hierher g-g-gezogen bist …«, stotterte Al. »So viele Monate lang wollte ich mit dir sprechen. Du bist so wunderschön.«

Maya lachte. »Ach, Al, ich bin doch nicht schön, also wirklich.«

Ein paar Jungen rannten mit einem flachen Plastikteller ans Wasser und warfen ihn durch die Luft. Ich ließ sie nicht aus den Augen; womöglich waren sie der Grund für Als Angst. Aber sie wirkten nicht gefährlich. Tatsächlich schien es Spaß zu machen, diesem Ding hinterherzujagen.

»Du bist die großartigste Frau der Welt«, sagte Al. »Ich … Ich liebe dich, Maya.«

Jetzt bekam auch Maya Angst. Ich schob die Nase unter Mayas Hand, falls sie Trost brauchte. Sie streichelte mich immer, wenn ich das tat. Aber dieses Mal nicht.

»Ich liebe dich auch, Al.«

»Ich weiß, ich bin nicht reich, ich weiß, ich sehe nicht gut aus …«, erklärte Al.

»Oh, mein …«, hauchte Maya. Auch ihr Herz pochte nun wie verrückt.

»Aber ich werde dich mein Leben lang lieben, wenn du mich lässt.« Al wandte sich Maya zu und kniete sich vor ihr hin. »Willst du mich heiraten, Maya?«

Nicht lange nach diesem Tag kamen Maya, Mama und alle Leute, die wir so oft in Mamas Haus sahen, in einem großen weißen Gebäude zusammen, um zuzusehen, wie ich meinen neuesten Trick vorführte. Schweigend saßen sie auf den hölzernen Bänken und schauten sich an, was Maya mir beigebracht hatte. Ganz langsam lief ich den schmalen Weg zwischen den Sitzreihen entlang, dann kletterte ich einige mit Teppich belegte Stufen hinauf und wartete geduldig, dass Al etwas aus einer kleinen Tasche holte, die er mir vorher umgebunden hatte.

Maya flüsterte: »Gutes Mädchen, Ellie!« Sie trug ein riesiges, fluffiges Kleid, also war klar, dass es anschließend nicht zur Arbeit ging, und durch den Park laufen konnten wir so auch nicht. Aber das machte mir nichts aus, weil alle so glücklich waren. Mama vergoss sogar Freudentränen. Dieser Trick muss mir ja wirklich gut gelungen sein, dachte ich, wie ich so dasaß und wartete, während Maya, Al und noch ein Mann in einem dunklen Gewand redeten und redeten und redeten.

Dann fuhren wir zu Mamas Haus, und die Kinder fütterten mich mit Kuchen.

Wenig später taten Al und Maya etwas Seltsames. Sie nahmen alle Sachen aus Mayas Haus und verstauten sie in Kisten. Dasselbe machten sie mit Als Sachen. Ich hatte sowieso nie verstanden, warum sie so viel Krempel brauchten; ich war schon zufrieden mit meinem Hundebett und meinem Futternapf. Vielleicht hatten sie erkannt, dass auch sie nicht mehr benötigten.

Aber es lief ganz anders.

»Komm, Ellie!«, rief Maya am Tag, nachdem alle Boxen in einen großen Lastwagen geladen worden waren. »Autofahren!«

Ich liebte das Auto immer noch, auch wenn es uns nicht mehr zur Arbeit brachte. Ich hüpfte auf die Rückbank. Aber dann tat Maya etwas, das ich überhaupt nicht verstand: Sie lief ins Haus und kam mit zwei großen Behältern zurück, dann holte sie noch einen dritten. Als sie die Behälter in den Kofferraum lud, hörte ich wütendes und ängstliches Miauen. Da waren Stella, Emmet und Tinkerbell drinnen!

Katzen fuhren aber nicht mit dem Auto! Autofahren gab es nur für Hunde. Ich bellte Maya an, damit sie ihren Fehler einsah.

»Nur die Ruhe, Ellie. Regt euch nicht auf, Katzen!«, sagte Maya, als sie ins Auto stieg und die Tür zuzog. »Es ist nur eine kurze Fahrt. Keine Sorge. Wir sind bald da.«

»Da« war, wie sich herausstellte, ein neues Haus.

Ich war mit dem Haus einverstanden. Es hatte einen viel schöneren Garten als das alte. Und hier gab es ein wirklich großes Bett, das Maya sich mit Al teilte. Aber fair war das nicht; ich hatte nie bei ihr schlafen dürfen!

Also heckte ich in der ersten Nacht einen Plan aus. Als Al und Maya schon eine Zeitlang still waren, schlich ich mich zum Bett und steckte die Nase unter die Bettdecke. Niemand rührte sich. Mein Plan funktionierte!

Vorsichtig schob ich auch die Vorderpfoten unter die Decke. Jetzt nur noch ein kleiner Hops, und die Hinterbeine wären auch oben. Ich hüpfte.

»Was zur … Ellie!«, rief Al.

»Oh, Ellie!« Maya stöhnte und lachte gleichzeitig. »Al, tut mir leid. Das hat sie noch nie gemacht.«

»Ach, egal. Lass sie doch bleiben.« Al setzte sich auf und kraulte mir die Ohren. »Aber auf der Decke, Ellie! Nicht drunter!«

Endlich! Ich rollte mich am Fußende zusammen, und Maya steckte die Zehen unter mich, um sie zu wärmen.

Aber ein paar Tage später wurde mir klar, dass im großen Bett schlafen gar nicht so lustig war, wie ich gedacht hatte. Es war eng, und die Katzen kapierten einfach nicht, dass sie auf den Boden gehörten, nachdem ich jetzt auf Mayas und Als Bett durfte.

Ich sprang hinunter und beschloss, dass ich lieber auf dem kleinen, flauschigen Teppich vor Mayas Seite vom Bett schlafen wollte. So konnte ich ihr folgen, wenn sie mitten in der Nacht aufstand, um ein Glas Wasser zu trinken oder im Wohnzimmer ein Buch zu lesen.

Maya nahm mich immer noch auf Autofahrten mit. Manchmal ging es zum Laufen an den Strand. Al begleitete uns ab und zu, aber er hatte Probleme, mit uns Schritt zu halten. Außerdem machten Maya und ich lange Spaziergänge im Park. Aber schließlich wurde mir klar, dass wir nicht mehr arbeiten würden.

Wahrscheinlich hatten wir alle Leute gefunden, die gefunden werden mussten. Vielleicht hatten Wally und Belinda keine Lust mehr zu spielen. Richtig verstehen konnte ich es nicht. Ich vermisste *Such*, und ich vermisste das Gefühl, dass Maya und ich gemeinsam etwas Wichtiges machten. Dass wir ein Team bildeten, so wie Jakob und ich eines gewesen waren.

Aber wenn Maya nicht mehr arbeiten wollte, dann war es damit anscheinend vorbei.

Darum war ich verwundert, als Maya eines Tages die Uniform anzog und mich rief. »Bereit für die Arbeit?«, fragte sie.

Meine Ohren stellten sich auf. *Arbeit? Im Ernst?*

Beinahe hätte ich sie umgerannt, als ich zum Auto flitzte.

Aber eines machte mich stutzig. Maya war entspannt und kein bisschen nervös. Sie lächelte, anstatt ernst dreinzuschauen. Wenn es zur Arbeit ging, war sie sonst nie so gut gelaunt. Ich fragte mich, warum.

Sie parkte das Auto vor einem großen Gebäude und führte mich zur Eingangstür.

»Das ist eine Schule, Ellie. Es wird dir gefallen. Hier gibt es viele Kinder, wie zu Hause bei Mama.«

Maya öffnete die große Tür, und wir traten ein.

Hier waren wirklich viele Kinder, weit mehr als in Mamas Haus! Maya brachte mich in einen großen Raum mit einer Bühne am Ende und Sitzreihen voller lärmender Kinder. Sie lachten und riefen, als sie mich sahen.

»Ein Hund! Schau, ein Hund!«

»Darf ich sie streicheln?«

»Ist die *süß*!«

Maya und ich stiegen die Stufen zur Bühne hinauf. Sie sagte mir, dass ich mich hinsetzen sollte, und ich tat es. Jemand musste den Kindern ebenfalls befohlen haben zu sitzen, aber sie waren noch nicht besonders gut darin. Sie zappelten herum und hüpften auf und ab und knieten sich auf die Stühle, um besser sehen zu können.

Eine Frau stand auf und sprach zu den Kindern. Ich schenkte ihrer Ansprache wenig Beachtung, weil ich ihre Stimme nicht kannte. »Spitzt die Ohren«, hörte ich sie sagen und »Benehmt euch« und »Herzlich Willkommen«. Dann klatschten die Kinder. Der plötzliche Lärm ließ mich zusammenschrecken, und die Kleinen lachten.

Ich wedelte mit dem Schwanz. Die Freude in ihren Gesichtern und ihre fröhlich kichernden Stimmen machten mich glücklich, auch wenn es hier nicht viel zu tun gab.

Maya führte mich nach vorne und sprach mit lauter Stimme.

»Das ist Ellie.« Ich richtete die Ohren auf und schaute sie an, für den Fall, dass ein Kommando folgte. »Sie ist ein Such- und Rettungshund im Ruhestand. Ich freue mich sehr, euch von Ellie als Teil unserer Öffentlichkeitsarbeit zu erzählen: Wie sie geholfen hat, vermisste Kinder zu finden, und wie ihr euch verhalten solltet, wenn ihr euch verirrt«, sagte Maya.

Kein Kommando. Ich gähnte.

Ich musste eine gute halbe Stunde warten, während Maya redete. Dann führte sie mich von der Bühne. Die Kinder stellten sich in einer Reihe auf und kamen in kleinen Gruppen zu mir, um mich zu streicheln. Manche schlossen mich besitzergreifend in die Arme, andere hielten sich ängstlich zurück. Ein Mädchen streckte mir schüchtern die Hand entgegen, und ich leckte sie ab. Sie schmeckte nach salzigen Kräckern und einem Stück Schokolade. Quietschend hüpfte sie zurück, aber sie lachte.

Von dem Tag an gingen wir oft zur Schule. Die Kinder waren mal jünger und mal älter. Die Kleinen umarmten mich öfter. Die Großen kraulten mir die Ohren. Mir war beides recht.

Manchmal besuchten wir auch andere Gebäude, wo es keine Kinder, sondern ältere Leute wie Marilyn gab,

einen der ersten Menschen, die ich gefunden hatte. Oder einen Ort mit einem scharfen, chemischen Geruch. Ich roch nicht mehr so gut wie früher, aber dieser Ort erinnerte mich an die Flüssigkeit, die mir die Nase verletzt hatte. Der Geruch gefiel mir nicht, aber ich mochte die Menschen. Sie lagen in Betten oder saßen auf komischen Stühlen mit Rädern, und ich roch und spürte, dass sie traurig oder krank waren oder dass sie Schmerzen hatten. Aber etwas von ihrer Trauer verblasste, als Maya mit ihnen sprach und sie mein Fell streicheln durften.

Ich rettete diese Menschen nicht direkt. Sie hatten sich nicht verirrt, aber es fühlte sich so an, als ob. Das war eine neue Art von Arbeit. Ich verstand sie nicht ganz, aber Maya war da, und wenn wir wieder gingen, waren die Leute glücklicher als vorher. Es fühlte sich richtig an. Und dafür war Arbeit ja da: Um Dinge besser zu machen.

17

Wenn wir nicht in die Schule gingen oder andere Arbeiten erledigten, rannte Maya morgens in großer Eile aus dem Haus, während Al vor sich hin kicherte. Dann ging auch Al. Ich blieb mit den doofen Katzen zu Hause.

Obwohl ich die Salbe für die Nase nicht mehr brauchte, ließ Tinkerbell mich nicht in Ruhe. Sie kuschelte sich an mich, wenn ich ein Nickerchen auf der weichen Decke machte, die Maya mir neben das Bett gelegt hatte. Mir war das wirklich peinlich, aber solange nur Emmet und Stella es sahen, durfte Tinkerbell bleiben. Wenn sie schnurrte, vibrierte meine ganze Seite. Das Gefühl war irgendwie angenehm und erinnerte mich daran, wie ich vor so langer Zeit mit meinen Geschwistern und meiner Mutter gekuschelt hatte.

Eines Tages rief Maya mich zum Auto, und ich stieg ein, bereit zu arbeiten. »Sieh dir nur diese Wolken an«, meinte Maya, als sie losfuhr.

Ich wedelte mit dem Schwanz, einfach froh, dass sie mit mir sprach, und steckte die Nase aus dem Fenster. Die Luft war feucht und süß. Vormittage wie diesen liebte ich. Die Gerüche waren stärker als sonst, mehr so, wie ich sie von früher kannte, als ich noch *Such* gespielt hatte. Ich roch Asphalt, Autoabgase, salzige Pommes von einem Imbiss, an dem wir vorbeifuhren, andere Hunde und Menschen.

Als Maya vor einer Schule parkte, fielen die ersten Regentropfen, und wir rannten eilig ins Trockene.

Dieses Mal ging es nicht in einen dieser großen Säle, wo die Kinder in Reihen saßen und Mayas Stimme hallte. Stattdessen liefen wir in einen kleinen Raum, ein sogenanntes Klassenzimmer. Die Kinder hatten es sich auf Decken auf dem Boden bequem gemacht. Das sah aber gemütlich aus. Falls sie mir auch eine Decke anbieten wollten, hätte ich nichts dagegen. Bis es soweit war, ließ ich mich einfach auf den Teppich plumpsen.

Maya hatte gerade angefangen zu sprechen, da erhellte ein Lichtblitz alle Fenster. Es folgte ein Donnerschlag. Ein paar Kinder sprangen auf und jaulten wie Welpen. Der Regen prasselte. Ich hob den Kopf und atmete tief ein. Wenn nur jemand die Fenster öffnen und die Gerüche hereinlassen würde.

»Beruhigt euch, Kinder«, sagte eine Frau, die neben Maya stand.

Die Tür flog auf, und ein Mann mit triefend nasser Jacke kam herein. Eine Frau war bei ihm. Sofort setzte ich mich auf und richtete meinen Blick auf die beiden.

»Wir haben Geoffrey Hicks verloren«, sagte der Mann.

Die Sorge in seiner Stimme, seine angespannten Muskeln, die Angst, die beide ausstrahlten wie einen Geruch, das alles war mir vertraut. So sahen Menschen aus, bevor ich suchen sollte.

»Er ist ein Erstklässler«, erklärte der Mann Maya.

»Sie haben Verstecken gespielt, als es zu regnen anfing«, fügte die Frau hinzu. »Das Gewitter kam wie aus dem Nichts. Gerade war noch alles in Ordnung, und dann …« Sie schlug die Hände vors Gesicht, ihre Augen füllten sich mit Tränen. »Als ich die Kinder hereingerufen hatte, fehlte Geoffrey. Er war mit Verstecken dran.«

»Könnte der Hund …«, fragte der Mann zögerlich an Maya gewandt.

Maya schaute mich an, und ich setzte mich noch aufrechter hin. Gab es Arbeit zu tun?

»Rufen sie lieber die 110«, sagte sie. »Ellie hat seit Jahren nicht mehr als Suchhund gearbeitet.«

»Wäscht der Regen nicht die Gerüche fort? Es schüttet mittlerweile wie aus Eimern«, sagte die Frau mit zitternder Stimme. »Ich mache mir nur Sorgen, dass, bis ein anderer Hund hier ist, …«

Maya biss sich auf die Unterlippe. »Natürlich helfen wir beim Suchen. Aber Sie müssen die Polizei rufen. Haben Sie eine Idee, wohin er gegangen ist?«

»Hinter dem Spielplatz ist ein Waldstück«, erklärte der Mann hastig. »Da ist ein Zaun, den die Kinder anheben können. Sie wissen, dass sie es nicht dürfen, aber manchmal …«

»Das ist sein Schulranzen; hilft das?«, fragte die Frau und hielt einen Rucksack in die Luft.

»Vielleicht«, Maya nahm ihn. »Rufen Sie die Polizei! Ellie, komm!«

Ich sprang auf und rannte hinter ihr her den Flur hinunter. Endlich! Wir würden wieder suchen!

Maya blieb zwischen Tür und Angel stehen. Draußen goss es in Strömen. »Sieh dir nur diesen Regen an«, murmelte sie. Sie sackte in sich zusammen. Als sie sich neben mich kniete, spürte ich ihre Sorge und ihre Trauer, aber auch ihre Entschlossenheit. »Bereit, Ellie? Hier, nimm die Witterung auf.«

Ich schnupperte konzentriert an dem Rucksack. Ich roch Erdbeerjoghurt, Kekskrümel, Papier, Buntstifte und einen Menschen. »Geoffrey, Geoffrey«, sagte Maya. »Okay?« Sie öffnete die Tür, und der Regen peitschte in den Flur. »Such!«

Ich stürzte mich in das Unwetter. Vor mir lagen eine große schwarzgeteerte Fläche und dahinter ein Spielplatz, der mit Sägespänen ausgelegt war. Die Nase am Boden lief ich die Fläche ab. Ich roch viele Kinder, wenn auch nur schwach, und der Regen wusch die Gerüche langsam fort.

Maya war mir gefolgt und rannte fort von der Schule. »Hier, Ellie! Such hier!«, rief sie über das Prasseln der Regentropfen auf dem harten Untergrund hinweg.

Wir untersuchten die Gegend bis zu einem Drahtzaun. Nichts. Ich spürte Mayas Enttäuschung und ihre Angst, und das verstärkte meine Anspannung. Machte ich etwas falsch? War ich ein böser Hund?

Maya entdeckte eine Stelle am Zaun neben einem Pfosten, die so verbogen war, dass eine dreieckige Lücke entstanden war. »Such, Ellie«, gab sie das Kommando. Ich untersuchte den ganzen Zaunabschnitt, fand aber nichts. »Okay, wenn er da durchgekrochen wäre, würdest du es riechen, nicht wahr? Das hoffe ich zumindest«, murmelte sie. »Geoffrey!«, rief sie. »Geoffrey, komm raus! Es ist alles in Ordnung!«

Niemand kam.

»Versuch es weiter«, sagte Maya leise. »Such, Ellie!«

Ich folgte dem Zaun um das komplette Schulgelände herum. Nichts. Ein Polizeiauto kam mit blinkenden Lichtern auf der Straße vor dem Zaun zum Stehen. Maya lief hinüber, um mit dem Fahrer zu sprechen.

Ich suchte weiter, die Nase fest auf den Boden gerichtet. Aber es war schwierig. Ich nahm kaum noch Gerüche wahr, der Regen wusch zu viel davon fort. Aber ich wusste, wenn ich mich nur konzentrierte, konnte ich den Geruch von dem Rucksack, Geoffreys Geruch, unter allen anderen finden. Jakob hatte mich trainiert. Mit Maya hatte ich gearbeitet. Sie hatten mir gezeigt, wie es ging. Ich konnte es immer noch, wenn ich nur nicht aufgab …

Da! Ich hatte etwas. Mein Kopf fuhr herum, und ich schnupperte energischer. Genau in der Mitte des Zauns war eine Lücke zwischen zwei Pfosten. Kein Erwachsener hätte sich hier hindurchzwängen können, aber Geoffrey hatte es geschafft. Sein Geruch hing an beiden Pfosten, so stark, dass der Regen ihn noch nicht fortgewaschen hatte.

Geoffrey hatte den Spielplatz verlassen.

Ich raste zurück zu Maya. Sie sprach gerade mit dem

Polizisten, als ich vor ihr zum Stehen kam. »Wir haben es versucht, aber es hat keinen Zweck. Ellie kann nicht …«

Da wandte Maya sich um und schaute mich erschrocken an. »Ellie«, sagte sie. Ihre Stimme war kaum mehr als ein Flüstern. Dann wurde sie kräftiger. »Ellie, zeig's mir!«

Wir rannten durch den Regen zurück zu den Pfosten. Maya spähte durch die schmale Lücke. »Komm mit!«, schrie sie und sprintete am Zaun entlang zu einem Tor. Ich folgte. »Er hat das Schulgelände verlassen! Er ist auf der anderen Seite des Zauns!«, rief sie. Der Polizist stieg aus dem Auto und lief hinter uns her.

Maya stieß das Tor vor uns auf und wir rannten hindurch und wieder am Zaun entlang zu den Pfosten. Geoffreys Geruch war immer noch da. Ich senkte die Nase auf den Boden. Der Geruch war nur schwach, aber ich konnte ihm folgen. Er war in diese Richtung gelaufen!

Dann verflüchtigte sich der Geruch, keine zwei Schritte vom Zaun entfernt. Ich blieb stehen und hob die Nase in die feuchte Luft.

»Was ist los?«, fragte der Polizist.

»Vielleicht ist er in ein Auto gestiegen«, meinte Maya besorgt. Der Polizist stöhnte.

Ich wandte mich wieder dem Boden zu und machte

ein paar Schritte zurück, und da entdeckte ich Geoffreys Spur wieder. Er hatte die entgegengesetzte Richtung eingeschlagen.

Maya keuchte. »Sie hat es geschafft. Sie hat ihn wieder!«

Ich rannte den Gehsteig entlang, Maya und der Polizist blieben mir auf den Fersen. Neben uns rauschte das Wasser den Rinnstein hinunter in den Gully. Ich hüpfte auf die Straße und steckte die Nase in die Öffnung, durch die das Wasser in die Kanalisation floss. Das strömende Regenwasser brachte allerlei Gerüche mit sich – Gras, Erde, Abfall, Laub und den schwachen Duft vom Wasser selbst –, aber all das klammerte ich aus und konzentrierte jede Faser meines Seins auf meine Nase. Wäre es nötig gewesen, hätte ich in den Abwasserkanal kriechen können, um der Spur zu folgen. Aber das musste ich nicht. Jetzt nahm ich Geoffreys Geruch ganz deutlich wahr. Er war genau vor mir, auch wenn ich ihn in der Dunkelheit nicht sehen konnte. Der Junge hatte sich ein gutes Versteck ausgesucht, aber ich hatte es geschafft. Ich hatte ihn gefunden!

Ich schaute zu Maya hoch.

»Er ist da drinnen! Er ist im Abwasserkanal!«, rief Maya.

Der Polizist zog die Taschenlampe aus dem Gürtel und kniete sich neben mir in den überfluteten Rinnstein, um in den Kanal zu leuchten. Wir alle sahen es zur selben Zeit: Das blasse Gesicht eines verängstigten Jungen.

»Geoffrey, ist schon gut, wir holen dich da raus!«, rief Maya ihm zu. Sie kniete sich auf die Straße, und ihre Uniform wurde pitschnass, als sie den Arm in das Loch streckte, um ihn zu erreichen.

Aber das Wasser, das in die Kanalisation strömte, hatte Geoffrey weiter in den Tunnel geschoben. Er klammerte sich an die Rückwand des Kanals, unter ihm ein Loch, das in einen schwarzen Tunnel führte. Das Wasser brauste um ihn herum und floss an seinem Körper vorbei in die Öffnung unter ihm. Maya erreichte ihn nicht.

Die Panik, die von dem Jungen Besitz ergriffen hatte, war so mächtig, dass sie mir die Sinne vernebelte. Ich winselte ängstlich. Meine Arbeit war noch nicht erledigt. Er war da, so nahe, aber weder ich noch Maya kamen an ihn heran. Ich erkannte, dass die Arbeit erst beendet sein würde, wenn Geoffrey nicht mehr im Wasser war.

Wasser. Ich hatte es noch nie gemocht, und hier war der Beweis, dass ich recht gehabt hatte. Es machte vielleicht Spaß, im Meer zu plantschen, solange nur die Pfoten im Wasser waren, oder zu Maya in die Wanne zu hüpfen, aber dieses Wasser – es war gefährlich, da war ich mir sicher. Es war tödlich. Es würde Geoffrey mit sich reißen, wenn wir ihn nicht bald herausholten.

»Wie hat er es da bloß reingeschafft?«, rief der Polizist.

»Es ist ganz schön eng; er muss sich hineingezwängt haben, bevor es angefangen hat zu regnen. Wie es schüttet!« Mayas Stimme klang verzweifelt.

Eine runde Eisenplatte war über Geoffreys Kopf in den Asphalt eingelassen. Der Polizist versuchte sie mit bloßen Händen anzuheben. Er schaffte es nicht. »Ich brauche eine Brechstange!«, bellte er, drückte Maya seine Taschenlampe in die Hand und rannte davon. Wasser spritzte unter seinen Füßen auf.

Ich kauerte weiterhin vor der Kanalöffnung, direkt neben Maya. Geoffrey war mittlerweile völlig durchnässt und er zitterte vor Kälte. Er trug eine dünne helle Regenjacke, die Kapuze hatte er sich über den Kopf gezogen, aber das half auch nicht viel.

»Halt dich gut fest, Geoffrey, ja?«, sagte Maya und lehnte sich vor, damit er ihr Gesicht sehen konnte. »Halte durch. Wir holen dich da raus, okay?«

Geoffrey antwortete nicht. Im grellen Schein der Taschenlampe wirkte sein Blick müde, als hätte er sie nicht gehört oder als wäre es ihm egal.

In der Ferne hörte ich eine Sirene heulen, und wenig später bog ein Einsatzwagen um die Ecke und machte direkt neben uns eine Vollbremsung, die Reifen schlitterten ein kleines Stück über die nasse Straße. Der Polizist sprang heraus und rannte zum Kofferraum des Wagens.

»Feuerwehr und Rettungsdienst sind unterwegs!«

»Wir haben keine Zeit mehr!«, antwortete Maya ihm mit lauter Stimme. »Er rutscht ins Wasser!«

Maya hatte große Angst. Ich selbst musste vor Furcht hecheln und gähnen. Wir mussten Geoffrey aus dem Wasser holen!

Der Polizist schnappte sich etwas aus dem Kofferraum und rannte mit einer langen, dünnen Eisenstange zu uns zurück. »Geoffrey, halt dich fest! Nicht loslassen!«, schrie Maya. Das eine Ende der Stange schob der Polizist unter die runde Platte im Beton, dann stemmte er sich gegen das andere Ende der Stange. Als Maya aufsprang, um sich das anzusehen, folgte ich ihr.

Der Polizist ächzte vor Anstrengung. Es machte Knack, und die Platte hob sich, dann kippte sie um und landete mit einem Dröhnen, das mir in den Ohren schmerzte, auf dem Gehweg. Wo die Platte eben noch gewesen war, gähnte nun ein Loch, das direkt in die Kanalisation führte.

Erschrocken von dem Krach der umkippenden Platte und dem Licht, das nun auf ihn herabfiel, schaute Geoffrey nach oben. Der Regen dämpfte das Sonnenlicht, es war nur trübe und grau, trotzdem musste es ihm sehr hell erscheinen.

Schlamm spritzte Geoffrey auf die Wange. Er hob eine Hand, um ihn wegzuwischen.

»Geoffrey! Halt dich fest!«, schrie Maya.

Aber er hatte nur noch eine Hand an der Wand, und diese eine war nicht stark genug. Das Wasser riss an ihm, einen Augenblick lang schaute er noch zu uns hoch, dann wurde er in den Tunnel gespült.

»Geoffrey!«, kreischte Maya.

Ich war immer noch bei der Arbeit, also zögerte ich keine Sekunde. Der Anblick dieses schwarzen, rauschenden Wassers gefiel mir gar nicht, aber es trug den Jungen fort. Ich wusste, ich musste ihm folgen.

Ich hatte Angst. Mir kam der Traum mit dem Jungen Ethan in Erinnerung. Er war im Wasser versunken. Danach war Jakob dasselbe passiert. Beide hatte ich retten müssen. Nun brauchte Geoffrey meine Hilfe. Aber würde ich es schaffen?

Kopfüber stürzte ich ins Wasser, und die Strömung riss mich mit sich, hinter Geoffrey her.

18

Im Tunnel war es so dunkel, dass ich nicht mehr wusste, wo oben und wo unten war. Meine Nase durchbrach die Oberfläche, und ich rang nach Luft und würgte, als schwarzes Wasser mein Maul füllte. Mein Kopf stieß gegen die Tunneldecke, dann zog mich das Wasser wieder nach unten, rang mit mir und wirbelte mich herum.

Ich hatte schon mit Jakob gerungen, mit Al und Maya und vor langer Zeit mit meinen Geschwistern. Das hatte Spaß gemacht. Das hier war kein Spaß. Die Strömung warf mich herum und zerrte an mir. Ich wusste nicht einmal, wohin ich getragen wurde oder wie ich an Land kommen sollte.

Aber Geoffreys Geruch war hier, das Wasser trug ihn mal hierhin, mal dorthin. Ich erhaschte eine Spur von ihm, und schon war sie wieder fort. Aber ich wusste, er war vor mir und kämpfte lautlos um sein Leben.

Plötzlich ging es bergab. Als mein Kopf wieder über

Wasser war, konnte ich schwimmen. Der Tunnel, durch den wir eben geschwemmt worden waren, war in einen größeren gemündet. Die Strömung war hier noch stärker, aber es gab mehr Platz für den Kopf über Wasser.

Ich schwamm so schnell ich konnte auf Geoffreys Geruch zu. Sehen konnte ich ihn nicht, aber meine Nase sagte mir, dass er nicht mehr weit entfernt war, vielleicht nur ein, zwei Meter vor mir.

Dann verschwand der Geruch. Er war untergegangen.

Als Jakob in den Brunnen gesprungen war, war ich ihm hinterhergetaucht. Das hatte ich richtig gemacht. Jakob hatte mich gelobt, mich einen guten Hund genannt. Jetzt musste ich dasselbe für Geoffrey tun.

Ich holte tief Luft und zwang mich mit kräftig paddelnden Beinen unter die Wasseroberfläche. Das erste Mal hatte ich Jakob sehen können. Jetzt erkannte ich nichts, als das wirbelnde Wasser Geoffrey und mich weiter mit sich riss. Aber ich wusste, dass er da war und direkt unter mir versank. Ich streckte mich, blind, mit offenem Maul – und da erwischte ich ihn. Ich hatte die Kapuze von Geoffreys Regenjacke im Maul!

Ich wuchtete mich mit den Hinterbeinen nach oben, die Vorderpfoten paddelten wie verrückt. Gemeinsam durchbrachen Geoffrey und ich die Wasseroberfläche.

Die Kapuze zwischen den Zähnen hörte ich ihn husten und würgen. Auch ich keuchte und versuchte, das Wasser in meiner Kehle loszuwerden, ohne das Maul zu öffnen. Was auch immer passieren mochte, ich würde Geoffrey nicht mehr loslassen.

Ich konnte keine andere Richtung einschlagen als die, die das Wasser nahm. Also hielt ich uns mit rudernden Beinen über Wasser, damit wir Luft bekamen, mehr konnte ich nicht tun. Erst half Geoffrey noch mit und strampelte mit den Beinen. Aber während wir den schwarzen Tunnel hinuntertrieben, wurden seine Bewegungen immer langsamer und erlahmten schließlich. Sein Körper wurde schlaff und zerrte an der Kapuze, während er sank. Ich versuchte, uns beide über Wasser zu halten, aber es wurde immer schwieriger. Mir schmerzten Kiefer und Nacken; meine Beine taten weh.

Wie sollte ich Geoffrey retten? Ich hatte ihn gefunden, aber das reichte nicht. Der Strom würde uns bald unter Wasser zerren, es sei denn, ich konnte ihn in Sicherheit bringen.

Aber wo war es sicher? Hier gab es nur das rauschende Wasser und den harten Beton der Tunnelwände.

Weit vorne spiegelte sich schwaches Licht auf der Wasseroberfläche und den Wänden. Licht – das war gut.

Licht hieß vielleicht auch Sonne. Vielleicht Maya, vielleicht Menschen, die uns helfen könnten.

Das Licht wurde heller, und es brachte ein Geräusch mit sich: Ein tiefes, dröhnendes Brausen, das von den Tunnelwänden widerhallte, bis ich nichts anderes mehr wahrnahm. Ich verbiss mich noch fester in Geoffreys Kapuze. *Gleich passiert etwas. Aber was?*

Das Licht um uns her wurde heller und heller, und plötzlich brachen wir hinaus ins Sonnenlicht, wir rutschten eine Rinne aus Beton hinunter und landeten unsanft in einem schnell fließenden Fluss.

Wir stürzten mit solcher Wucht in den Fluss, dass wir untertauchten, aber zum Glück trafen meine Hinterbeine auf etwas Festes – einen Felsen vielleicht – und ich konnte mich abstoßen.

Geoffrey konnte mir nicht mehr helfen. Sein Körper war schlaff, sein Kopf rollte hin und her, während die Wellen uns vorwärtstrieben. Das Wasser spritzte mir ins Gesicht, und ich bekam es in die Nase. Ich zwang mich, schneller zu paddeln. Jetzt waren wir im Freien. Hier musste es eine Stelle geben, wo ich Geoffrey in Sicherheit bringen konnte.

Aber der Fluss war in Beton gebettet, so dass zwei steile Wände unseren Weg begrenzten. Ich zerrte Geoffrey auf eines der Ufer zu, aber die Strömung arbeitete gegen mich und versuchte, uns wieder in die Mitte des Flusses zu ziehen. Meine Schmerzen in Nacken und Kiefer wurden schlimmer. Was, wenn ich Geoffrey nicht mehr halten konnte?

Da sprangen mir flackernde Lichter ins Auge. Flussabwärts rannten Männer in Regenmänteln und mit Taschenlampen aufs Ufer zu.

Aber wahrscheinlich waren sie zu langsam. Und der Fluss war zu schnell. Geoffrey und ich würden an ihnen vorbeitreiben, ehe sie das Ufer erreichten.

Ich stemmte mich gegen das raffgierige Wasser. Es wollte uns hinabziehen, forderte Geoffrey für sich, aber er gehörte mir. Ich hatte ihn gefunden. Und ich gab ihn nicht auf!

Langsam, Zentimeter für Zentimeter, schleppte ich ihn näher an das Ufer, an dem die Männer entlangrannten.

Zwei der Männer sprangen ins Wasser. Sie hingen an einem Seil, das die Männer am Ufer festhielten. Die zwei im Wasser wateten hinaus, bis sie hüfttief im Fluss standen, und streckten die Arme nach uns aus.

Aber wir waren zu weit weg. Die Strömung würde uns vorbeitreiben.

Nein. Nein, das würde ich nicht zulassen! Mit den Pfoten stemmte ich mich gegen das Wasser, als wäre es Erde, die ich aus dem Weg buddeln musste. Ich paddelte und kämpfte, gab alles, was ich hatte, um es in die Arme der Männer zu schaffen.

»Ich hab dich!«, rief der eine, als Geoffrey und ich ihn rammten.

Die Menschen am Ufer wappneten sich, als unser Gewicht das Seil straffte. Aber keiner stürzte. Einer der Männer im Wasser packte mich. Der andere fasste Geoffrey um die Taille und hob ihn hoch.

Ich ließ Geoffreys Kapuze los. Jetzt war er in Sicherheit. Ich hatte ihn gefunden und zu Menschen gebracht. Meine Arbeit war erledigt.

Der Mann hielt mich weiterhin fest und stemmte sich mit seinem ganzen Gewicht gegen den Sog des schnell fließenden Wassers. Am Ufer zogen die Männer am Seil, und gemeinsam bahnten wir vier uns den Weg an Land.

Ich war die Letzte im Wasser. Der Mann, der mich festgehalten hatte, zog sich hoch, ließ mich aber keine Sekunde los. Auf dem Betonboden liegend zog und zerrte er an mir, mit müden, schmerzenden Beinen kämpfte ich mich das steile Ufer hinauf, und plötzlich war ich oben.

Mit einem Plumps ließ ich mich auf den wundervoll

festen Boden fallen und spuckte Wasser. Mehrere Männer kauerten vor Geoffrey. Ich sah einen, der eine Hand auf seinen kleinen Brustkorb presste, und da hustete er dreckiges Wasser aus. Dann keuchte und weinte er.

Mit einem Husten und einem Seufzen kam ich auf die Beine. Es schien, als wäre meine Arbeit doch noch nicht vorbei. Die Menschen sollten sich freuen, wenn sie gefunden wurden. Geoffrey war nicht fröhlich. Ich humpelte zu ihm, mir fehlte sogar die Kraft, mir das Wasser aus dem durchweichten Fell zu schütteln.

Schwerfällig ließ ich mich neben Geoffrey sinken, und er warf sich auf mich und klammerte sich mit all seiner verbliebenen Kraft in mein nasses Fell. Ich spürte, wie er zitterte. Aber die Angst wich langsam von ihm und nahm meine Furcht gleich mit.

Geoffrey würde sich erholen. Ich hatte meine Arbeit getan. Ich war ein guter Hund.

Geoffrey wollte mich nicht loslassen, als die Männer ihm die Regenjacke, das T-Shirt und seine durchnässte Jeans auszogen und ihn dann in Decken wickelten. »Alles wird gut, mein Junge, alles wird gut«, sagte einer der Männer. »Ist das dein Hund? Sie hat dir das Leben gerettet.«

Geoffrey antwortete nicht, aber er hob den Kopf und

schaute mir in die Augen. Mit einem kurzen Zungenschlag leckte ich ihm die Wange ab.

»Los!«, rief jemand, und einer der Männer löste vorsichtig Geoffreys Hände von meinem Fell. Sie hoben ihn hoch und rannten mit ihm einen Hügel hinauf und auf die Straße. Dort luden sie ihn in einen weißen Wagen, der gleich darauf mit heulenden Sirenen losfuhr.

Ich blieb, wo ich war. Vor Erschöpfung zitterten mir die Beine. Ich schaffte es gerade noch, den Kopf zu heben, um das Flusswasser, das ich geschluckt hatte, zu erbrechen.

Dann legte ich den Kopf auf die Pfoten und rührte mich nicht mehr, während der kalte Regen auf mich herabprasselte.

Die Sirene eines Polizeiautos plärrte und wurde immer lauter, während der Wagen näher kam. Ohne den Kopf zu heben, spähte ich den Hügel hinauf. »Ellie!«, schrie Maya. Halb kletternd und halb schlitternd kam sie den Hügel herunter an meine Seite. Ich war zu müde, um mit dem Schwanz zu wedeln, aber ich war froh, sie zu sehen. Falls sie aber Seilziehen spielen wollte, musste sie sich gedulden.

Maya war pitschnass. Tränen und Regentropfen mengten sich auf ihren Wangen. Sie umarmte mich fast so fest wie Geoffrey kurz davor. »Du bist so ein guter Hund, Ellie. Du hast Geoffrey gerettet. Du bist die Beste. Ich dachte schon, ich hätte dich verloren, Ellie.«

Nach einer Weile hörte Maya auf zu weinen. Sie nahm mich am Halsband und redete mir gut zu, als sie mir half, den Hügel zu erklimmen. Dann legte sie mir die Arme um die Brust und wuchtete mich auf die Rückbank des Polizeiwagens. Wir fuhren direkt zu dem Mann mit dem weißen Kittel, der mich von Kopf bis Fuß begutachtete.

Ich musste die Nacht dort verbringen, was mich nicht gerade fröhlich stimmte. Aber am nächsten Morgen durfte ich zurück in Mayas und Als Haus. Die nächsten Tage war ich so steif, dass ich mich kaum bewegen konnte, aber sonst war alles wie immer.

Ein paar Wochen später besuchten Maya und ich wieder eine Schule. Nur dieses Mal saßen in dem großen Saal keine Kinder, sondern Erwachsene. Wir nahmen auf der Bühne Platz, wo uns helle Lichter blendeten und ein Mann mit lauter Stimme sprach. Ich fragte mich, wann Maya ihre Rede hielt und ob die Erwachsenen danach wie die Kinder kommen und mich streicheln würden. Aber dieses Mal lief es anders.

Als der Mann seine Ansprache beendet hatte, kam er zu mir und legte mir ein zweites Halsband um. Ich wunderte mich, warum er sich die Mühe machte. Mein Halsband war da, wo es hingehörte, und seines war einfach nur albern. Es hing mir zu locker um den Hals, außerdem baumelte eine viel zu große Hundemarke daran, die mir gegen die Brust klopfte, wenn ich lief.

Der Mann heftete auch etwas an Mayas Uniform, und alle klatschten. Sie kniete sich neben mich, während blendend helle Lichter vor uns aufleuchteten, fast wie Blitze ohne Donner.

So interessant wie Arbeit oder ein richtiger Schulbesuch war das nicht. Aber ich spürte Mayas Stolz und ihre Liebe, als sie mir zuflüsterte, was für ein toller Hund ich war.

Dann stand Maya wieder auf. »Komm, Ellie. Ich habe eine Überraschung für dich.«

Sie stieg mit mir von der Bühne. All die Leute, die uns angeschaut hatten, standen nun auf und bildeten Grüppchen, um zu reden. Viele blieben stehen, um mit Maya zu sprechen oder ihr die Hand zu schütteln, und sie lächelte alle fröhlich an, ließ sich aber nicht aufhalten. Ich wich ihr nicht von der Seite.

Dann blieb sie stehen. »Da, Ellie. Siehst du?«

Ich spähte durch jede Menge Beine hindurch, und da sah ich den Grund, warum Maya mich hergebracht hatte.

Ein Mann in Anzug und Krawatte stand alleine da und lächelte ein wenig. Der Mann war Jakob.

Maya ließ mich von der Leine, und ich hüpfte auf ihn zu. Er bückte sich, um mir die Ohren zu kraulen. »Wie geht's dir, Ellie! Sieh nur, wie grau du wirst.« Er wandte sich zu einer Frau um, die mit einem Mädchen auf dem Arm hinter ihm stand. Das Mädchen war vielleicht ein, zwei Jahre jünger als Geoffrey, und ihr Lächeln war um einiges breiter als Jakobs.

»Daddy hat früher mit Ellie gearbeitet«, sagte die Frau, die sie hielt. »Wusstest du das, Alyssa?«

»Ja«, antwortete das Mädchen und wand sich, um auf den Boden gestellt zu werden. »Ich will Ellie streicheln!«

»Darf sie, Jakob?«, fragte die Frau.

»Natürlich.«

Alyssa rannte zu mir und schloss mich in die Arme. Ich stemmte mich gegen den Boden, damit sie mich nicht umschubste und leckte ihr das Gesicht ab. Sie kicherte, und Jakob lachte.

So hatte ich Jakob noch nie lachen gehört.

Über Alyssas Kopf hinweg schaute ich Jakob an. Er war ganz anders als früher, als ich noch bei ihm gelebt und mit ihm gearbeitet hatte. Die Kälte in seinem Inneren war verschwunden.

»Ich bin froh, dass du bei dem Programm für Öffentlichkeitsarbeit mitmachst«, erklärte Jakob Maya. »Ein Hund wie Ellie braucht Arbeit.«

Ich erkannte das Wort »Arbeit« und wedelte mit dem Schwanz, als Jakob sich neben mich und Alyssa kniete. Aber sein Tonfall war ruhig, nichts deutete darauf hin, dass ich auf die Suche gehen sollte. Jakob sprach einfach immer von der Arbeit. So war er nun mal.

Maya hielt sich im Hintergrund und tauschte freundliche Blicke mit der Frau aus, die Alyssa getragen hatte. Sie war die Mutter des Mädchens, erkannte ich nun. Und Jakob war der Vater. Er hatte jetzt eine Familie, und er war glücklich.

Das hatte sich verändert. In all der Zeit, die ich Jakob gekannt hatte, war er nie glücklich gewesen.

Ich hatte nicht daran gedacht, dass Jakob vielleicht verlorengegangen war und gerettet werden musste. Er war derjenige, der mir half, andere Leute zu retten. Aber jetzt fühlte es sich so an, als wäre Jakob endlich gefunden worden.

»Wir müssen dich nach Hause bringen, Schätzchen«, sagte die Frau zu dem Mädchen.

»Kann Ellie mitkommen?«, fragte Alyssa.

Alle lachten.

Es war schön mit beiden, mit Jakob und Maya, hier zu sein. Ich legte mich auf den Boden und war so froh, dass ich glatt ein Nickerchen machen wollte.

»Ellie«, sagte Jakob. Er beugte sich vor und nahm mein Gesicht sanft in die Hände und schaute mir in die Augen.

Das Gefühl seiner rauen Haut auf meinem Fell versetzte mich zurück in die Zeit, als ich noch ein Welpe war und meine ersten Wörter lernte. Ich klopfte schwanzwedelnd auf den Boden. Ich wusste, dass ich bald mit Maya nach Hause fahren würde, dass mein Platz und meine Arbeit nun bei ihr waren. Trotzdem liebte ich Jakob noch immer.

»Gutes Mädchen«, sagte Jakob leise, und ich bemerkte die Zärtlichkeit in seiner Stimme. Ich spürte, dass er Alyssa und die Frau liebte, und zum ersten Mal spürte ich auch seine Liebe zu mir.

»Guter Hund, Ellie«, sagte Jakob. »Du bist ein guter Hund.«

Deutscher Schäferhund

Jeder Hund ist einzigartig, deswegen kann man nur schwer allgemeine Aussagen über Größe, Gewicht etc. treffen. Doch innerhalb einer Hunderasse gibt es festgelegte Standards, die für diese Hunde typisch sind.

Rasse

Die Rasse gibt es offiziell seit dem Ende des 19. Jahrhunderts, sie kommt aus Deutschland. Ihre äußeren Merkmale sind: 55 bis 65 cm groß, 22 bis 40 kg schwer (Rüden – also Männchen – sind oft größer und schwerer als Weibchen). Das Fell kann (rot)braun und schwarz oder einfarbig schwarz sein, außerdem sowohl kurz als auch lang.

Wesen und Haltung

Deutsche Schäferhunde sind kluge und neugierige Tiere, die selbstsicher und ausgeglichen sind. Sie haben sehr gute Nerven, sind aufmerksam und sehr stark. Sie brauchen viel Bewegung und Beschäftigung und sollten eine gute Erziehung erhalten. Schäferhunde – wie der Name schon sagt – wurden als Hüte- und Treibhunde gezüchtet und können vielseitig eingesetzt werden, z. B. als Polizeihund oder als Spür- und Rettungshund.

Welpen

Eine Hündin trägt die Welpen ca. 63 Tage aus, bevor sie blind und taub zur Welt kommen. Erst nach zehn bis dreizehn Tagen können sie sehen, ab der dritten Woche erkunden sie ihre Umwelt. Die ersten acht Wochen sollten Welpen auf jeden Fall bei ihrer Mutter bleiben, dann können sie ihre neue Familie kennenlernen.

Spür- und Rettungshunde

Ellie ist ein Spür- und Rettungshund. Sie wurde dazu trainiert, vermisste Menschen zu finden. Spür- und Rettungshunde gibt es auch im wirklichen Leben.

Was tun Rettungshunde?

Manche Hunde finden lebende Menschen, andere suchen nach Toten. Einige werden für Einsätze im Wald, in den

Bergen oder sogar im Wasser ausgebildet. Andere suchen Menschen in Katastrophengebieten, die verschüttet oder verletzt wurden.

Spür- und Rettungshunde müssen lernen, aufs Wort zu gehorchen, die Fährte eines Menschen aufzuspüren und ihrem Hundeführer mitzuteilen, dass sie etwas Wichtiges gefunden haben. Manche Hunde bellen, um etwas zu zeigen, andere tun dies über ihre Körpersprache. Der Hund muss außerdem gut klettern, über wacklige Oberflächen laufen und durch Tunnel kriechen können. Auch muss er bei einem Transport im Auto oder Einsatzwagen, im Helikopter, Flugzeug oder sogar im Skilift und Boot ruhig bleiben.

Welche Hunde können Spür- und Rettungshunde werden?

Es gibt nicht die eine Rasse, die am besten für diese Arbeit geeignet ist. Bloodhounds z.B. können besonders gut Fährten folgen. Bernhardiner sind Experten im Schnee, z.B. als Lawinenhunde. Neufundländer sind gute Schwimmer und haben gute Instinkte, wenn es um die Wasserrettung geht. (Manchmal versuchen sie sogar, Schwimmer zu retten, die gar nicht in Not sind!) Labradore, Malinois, Border Collies, Golden Retriever und

Schäferhunde (wie Ellie) werden auch oft als Spür- und Rettungshunde eingesetzt.

Wenn Hundeführer einen Welpen suchen, der das Zeug zum Spür- und Rettungshund hat, sehen sie sich genau an, wie der Welpe spielt. Ein junger Hund, der lang mit einem Ball oder Spielzeug spielt, ohne sich ablenken zu lassen, könnte einen guten Rettungshund abgeben. Ein Welpe, der sich aufs Spielen konzentriert, könnte zu einem Hund heranwachsen, der sich bei der Arbeit lange konzentrieren kann und nicht aufgibt, bevor sein Job erledigt ist.

Als Jakob mit Ellie und den anderen Welpen spielt, wollte er testen, wer von ihnen besonders geeignet für die Arbeit ist. Ellie beweist hier, dass sie klug und konzentriert ist und dass sie seinen Befehlen folgen wird. Deshalb wählt Jakob sie aus.

Wie finden Spür- und Rettungshunde die vermissten Menschen?

Mit ihren Nasen! Eine Hundenase ist etwa eine Million mal empfindlicher als die eines Menschen. Hunde können Duftspuren auf dem Boden oder in der Luft folgen. In beiden Fällen riechen sie dasselbe: winzig kleine Stückchen Haut oder Haar, die zu klein sind, um sie sehen zu können. Menschen verlieren kleine Stückchen Haut und Haar den ganzen Tag, ohne es zu merken. Hunde können diese Spür reichen und ihr folgen, bis sie den Menschen, den sie suchen, gefunden haben.

Am einfachsten fällt es einem Hund an einem windstillen, feuchten Tag, einer Fährte zu folgen, wenn der Boden etwas wärmer ist als die Luft. Die kleinen Haar- und Hautstückchen bleiben dann viel länger am Boden haften. Geoffrey hatte Glück, dass er an einem solchen Tag in den Abwasserkanal geklettert ist. So war es einfacher für Ellie, seine Spur zu wittern (sogar mit ihrer verletzten Nase), als an einem heißen, trockenen Tag – sie musste ihn aber finden, bevor der Regen alle Spuren wegwaschen konnte!

Weitere Bücher von Bruce W. Cameron

(erscheint im Frühjahr 2018)